Diogenes Taschenbuch 22995

Viktorija Tokarjewa

Sentimentale Reise

Erzählungen

Aus dem Russischen von Angelika Schneider

Diogenes

Originaltitel der Erzählungen: ›Инфузория-туфелька‹,
›Сентиментальное путешествие‹, ›Дом генерала Куропаткина‹,
›Как я объялял войну Японии‹
Die deutsche Erstausgabe erschien
1994 im Diogenes Verlag
Umschlagillustration: Camille Corot,
›Le Forum, vue prise des Jardins Farnèse‹,
1826 (Ausschnitt)

Veröffentlicht als Diogenes Taschenbuch, 1997

60/97/24/1
ISBN 3 257 22995 X

Inhalt

Das Pantoffeltierchen

Es war November. Die Tage waren kurz. Nur der Morgen war erfreulich. Gegen Mittag legte sich Dämmerung auf die Erde wie frühes Alter.

Marianna schickte ihren Sohn in die Schule und ging auf einen Sprung zur Nachbarin, auf einen Kaffee. Niemand hatte Kaffee, aber bei der Nachbarin Tamara gab es welchen. So war sie, die Tamara. Sie hatte mehr als alle anderen: eine interessante Arbeit, eine stabile Familie, eine leidenschaftliche Liebe. Die Liebe wehte über ihr wie die Fahne über dem Kreml. Wunderschön blähte sie sich in der künstlichen Brise. Die Fahnenträger wechselten allerdings.

Obwohl – jetzt hatte sogar die Fahne gewechselt. Aber das war schon ein anderes Thema. Das war schon Politik. Politik lief auf allen Fernsehkanälen, mit Ausnahme des Privatsenders »Zwei mal zwei«. Dort tummelten sich von morgens bis abends, wie im Zoo, halbnackte Mädchen und Jungs. Der Westen hat ein Loch in den Osten gerissen. Die Rentner betrachteten es mit glasharten Augen. Wofür hatten sie gekämpft, wogegen sich verbarrikadiert?

Aber was hat die Politik damit zu tun, die Rentner...

Kehren wir zurück zur Küche, zu Tamara und Marianna. Tamara war wie ein doppelter Heizkörper: breit, heiß und stickig wie eine überfüllte Straßenbahn im Sommer. Sie hatte von allem zuviel: zuviel Stimme, zuviel Körperfülle, zuviel Energie. Und Marianna fehlte all das: Sie war mager, still und antriebsschwach.

»Du weidest«, sagte Tamara zu ihr. »Wie eine Kuh auf der Wiese. Und das Glöckchen macht klingeling, klingeling...«

»Und ist das gut oder schlecht?« fragte Marianna verständnislos.

»Eine Kuh? Na klar ist das was Gutes. Aber eine Katze ist besser.«

»Die Kuh gibt Milch. Und was gibt die Katze?«

»Du hast mich unterbrochen. Wovon haben wir geredet?«

Tamara hatte gerade von ihrem derzeitigen Fahnenträger erzählt. Sie hatten sich im Restaurant kennengelernt, an einer Silvesterfeier. Tamara war mit ihrem Mann da, der Fahnenträger mit seiner Frau. Er hatte Tamara vom anderen Ende des Saales aus gesehen. Er näherte sich. Und forderte sie zum Tanzen auf.

»Du hast da aufgehört, als er dich zum Tanzen aufforderte«, erinnerte Marianna.

»Ach ja. Er sagte: Ich heiße Rawil. Ich fragte: Ist das ein tatarischer Name? Er antwortete: Ein muslimischer. Überhaupt, weißt du, die Muselmanen haben so etwas... Irgendein Fluidum.«

»Besonders gut geraten die Mischungen: russisch-tatarische Mischlinge. Oder russisch-jüdische.«

Tamara sprach über Menschen wie über Cocktails.

»Und was ist, wenn der eine Elternteil Jude und der andere Tatare ist?« fragte Marianna.

»Ich hatte so einen Bekannten. Wir nannten ihn Tschingis-Chaim. Das war ein verrückter Typ. Er arbeitete bei der Gesundheitsfürsorge. Und schön war er auch nicht. Das Blut hat sich wohl nicht richtig gemischt. Wie Molke.«

»Also, ihr habt getanzt«, erinnerte Marianna wieder.

»Ja. Sein Arm war hart, sein Kopf klein, wie bei einem rassigen Pferd. Er roch nach Regen.«

»Und wo war er in den Regen geraten?«

»Na, wo soll denn in einem Restaurant Regen herkommen? Du bist komisch. Nach Frische roch er. Im Sinne von: er roch nach nichts. Steril. Sauber. Aber in den Augen hatte er so was, oho ... Er schielte nach rechts und links, stellte sich bestimmt alles mögliche vor.«

»Das ist schlecht, wenn sie einem nicht in die Augen sehen«, bestätigte Marianna. »Ich kann das nicht ausstehen. Als wenn sie ein Huhn geklaut hätten.«

»Na, mir war sowieso egal, wohin er sah oder nicht sah. Ich hatte damals eine Depression. Andrej hatte mich verlassen.«

Andrej, das war der vorhergehende Fahnenträger. Die Geschichte mit Andrej hatte ziemlich lange gedauert, so an die zwei Jahre.

»Hast du Andrej geliebt?« fragte Marianna verwundert.

»Wahnsinnig«, sagte Tamara leise. »Obwohl es stimmt, daß wir uns immer gestritten haben. Einmal haben wir uns sogar geschlagen. Ich hätte ihm beinahe die Hand gebrochen.«

»Und hättest du ihn geheiratet?«

»Ich bin doch verheiratet.«

»Aber wenn du dich doch in einen anderen verliebt hast...«

Marianna verstand nicht, wie man sich so in zwei Teile spalten konnte: einen lieben und mit dem anderen leben. Die Seele an einem Ort und den Körper an einem anderen. Das ist doch der Tod, wenn Seele und Körper in verschiedenen Räumen sind.

»Der Ehemann ist eben der Ehemann«, sagte Tamara stoisch. »Die Familie, das sind gemeinsame Aufgaben. Und was hatten Andrej und ich für gemeinsame Aufgaben? Sich zu umarmen und sich zu streiten.«

Tamara schwieg. »Sowieso wäre nichts Gescheites dabei herausgekommen«, sagte sie. »Obwohl er allein gelebt hat. Seine Mutter war damals gerade gestorben. An Krebs. Ich habe mich geekelt, von seinem Besteck zu essen. Ich habe neues gekauft.«

»Und wo hast du das gekauft?« wunderte sich Marianna.

»Das hab ich aus Spanien mitgebracht. Besteck und Handtücher und sogar Bettücher. Er verstand, was los war, und war beleidigt...«

»Und was weiter?«

»Wann?«

»An Silvester. Ihr habt getanzt. Und dann?«

Tamara antwortete nicht. Ihre Gedanken waren von Rawil zu Andrej gesprungen.

»Überhaupt hat er sich entsetzlich nach seiner Mutter gesehnt. Er hat in ihrem Schlafzimmer einen Apfel für sie hingelegt. Oder eine Apfelsine. Es kam ihm so vor, als erscheine sie des Nachts. Er hat Schritte gehört.«

»Ist er übergeschnappt?«

»Nein. Die ersten neun Tage ist die Seele der Verstorbenen noch im Haus...«

»Interessant... Die neun Tage waren noch nicht um, und er hat schon ein Weib ins Haus geführt.«

»Na und? Er hat Sehnsucht nach mir gehabt. Das ist doch verständlich...«

»Und du, hättest du ihn geheiratet?« fragte Marianna nochmals.

»Ich bin zu alt für Andrej.«

»Wie alt ist er denn?«

»Vierzig.«

»Du bist doch auch vierzig.«

»Stimmt. Aber ein Mann mit vierzig braucht eine Frau von zwanzig.«

»Und wer braucht eine Frau von vierzig?«

»Niemand.«

»Und wozu ist dann das alles gut?«

»Was?«

»Na *das. Alles.*«

»Du bist irgendwie komisch. *Das* ist das Leben. Verstehst du das denn nicht?«

Marianna verstand. Sie konnte auch nicht ohne Liebe leben. Aber sie hatte eine Liebe für das ganze Leben. Ihren Mann. Arkadij.

Sie waren schon miteinander zur Schule gegangen, hatten angefangen miteinander zu schlafen, als sie in der zehnten Klasse war. Sie schliefen umarmt ein, wuchsen im Schlaf zusammen, und ihre Knochen nahmen die für den anderen bequemen Biegungen und Ausbuchtungen an. Sie verschmolzen miteinander. Und dann verschmolzen sie mit dem Sohn. Es war ein spätes Kind, ein Wunschkind. Marianna hatte keine anderen Interessen und konnte auch gar keine haben. Sie verstand Tamaras Leben nicht: Wie konnte man sich mit einem Fremden ins Bett legen, ihn umarmen? Ihn sich zu eigen machen, etwas Eigenes umarmen, um ihn sich dann, zusammen mit der Haut, wieder vom Leib zu reißen. Dann nach Hause kommen, sich zum Ehemann legen, der einem inzwischen fremd geworden ist, sich quälen, warten, bis die Haut wieder zugewachsen ist.

Marianna ekelte sich vor dem Leben ihrer Nachbarin, wie sich Tamara vor Andrejs Besteck geekelt hatte. Aber jeden Tag zog es sie hierher, in diese Küche. Marianna setzte sich hin, trank Kaffee und hörte sich die Fortsetzung der Geschichte an, lud sich mit der Energie fremder Leidenschaft auf.

So ein Verhalten war eigentlich unmoralisch. Wenn du dich vor jemandem ekelst, dann verkehre auch nicht mit ihm. Geh ihm aus dem Weg. Aber Marianna kam, setzte sich, trank Kaffee, hörte zu und litt mit. Mehr als das, sie entlockte Tamara alle möglichen Ratschläge fürs Leben.

»Wie kannst du so leben?« fragte Tamara. »Kein Beruf, keine Affären. Nur dein Heim. Du lebst wie eine Schnecke.«

»Aber wo soll ich denn hin?« rechtfertigte sich Marianna schuldbewußt, als sei sie in der Tat an irgend etwas schuld.

Sie hätte fragen mögen: Und du, wie kannst *du so* leben? Wie ein Jongleur im Zirkus. Wie konnte man mit solch verschiedenen Bällen jonglieren – Familie, Haushalt, Arbeit, Leidenschaft –, wie all das verschieden hoch werfen und wieder auffangen?

Wieviel Gesundheit und Erfindungsgabe brauchte man wohl dafür? Und wie hatte sich das Verständnis dessen, was moralisch war, in den letzten hundert Jahren geändert. Die Katharina aus Ostrowskijs *Gewitter* betrog ihren Mann und ging danach ins Wasser, sie konnte die Zerrissenheit nicht ertragen. Anna Karenina hat die Verachtung der Gesellschaft hart zu spüren bekommen, ganz zu schweigen davon, daß sie sich unter den Zug geworfen hat. Und jetzt gibt es keine Gesellschaft mehr und alle sind Annas. Ohne Wronski.

Was waren das für Männer heutzutage? Irgendein Andrej, der einen Tag nach dem Tod seiner Mutter eine Frau ins Haus bringt; irgendein Rawil, der zu einer Silvesterfeier mit seiner Frau kommt, sich sofort in eine fremde Frau verguckt und sie zum Tanzen auffordert. Und erst Boris, Tamaras Mann. Wahrscheinlich führte der auch sein eigenes Leben, und eine derartige Wendung der Dinge paßte ihm ganz gut. Das ist kein Heim, sondern ein Durchgangslager, ein Flugplatz, wo jeder übernachtet, um am Morgen in ein anderes Leben zu starten, ein lärmiges, ereignisreiches. Das wirkliche Leben fand draußen vor den Mauern des eigenen Heims statt.

Das Heim als Hotel. Und das ganze Leben eine nicht enden wollende Dienstreise.

»Ich gehe jetzt!« sagte Marianna und stand auf.

»Ach, bleib doch noch ein bißchen!« bat Tamara. »Ich habe dir ja das Allerinteressanteste noch nicht erzählt.«

Marianna öffnete ihre Wohnungstür, die mit Eisen verstärkt war, dick wie eine Safetür. Bei Marianna gab es was zu stehlen. Von Arkadijs Eltern hatten sie teure Antiquitäten geerbt. Der Vater war ein Spekulant gewesen, der Himmel sei ihm gnädig. Heute würde man ihn einen Geschäftsmann nennen.

Marianna hatte den Alten dafür geachtet, daß er in seiner unbegabten Zeit in sich die Würde gefunden hatte, auf menschenwürdige Weise zu leben. Er war allerdings im Gefängnis gestorben. Die damalige Epoche hatte ihm das eingebracht.

In der Wohnung war nicht ein zufälliges Stück. Arkadij selbst bestellte bei einem Kunsthandwerker kupferne Griffe für die Möbel. Er konnte ein halbes Jahr darauf verwenden, die einzig passende Paneele aus rötlichem Holz zu finden.

Arkadij erschuf sein Heim und liebte es.

Die Energie der Erwartung erfüllte die Wohnung wie mit Wärme. Und wenn er von draußen hereinkam, umfingen ihn sofort drei Wärmeströme: Die Frau wartete, der Sohn wartete, und sogar der Hund sprang ihm um die Beine und jaulte vor Glück.

In ein solches Heim möchte man, von wo auch immer, gern zurückkehren.

Der Markt erfreute Marianna mit seinen grellen Farben und der Verschiedenartigkeit der Gesichter: der slawischen und der orientalischen. Marianna ging durch die Reihen der Stände, wehrte fröhliche Annäherungsversuche junger Aserbaidschaner ab. Sie kaufte goldene, getrocknete Aprikosen, feuerrote Granatäpfel und Kalbsleber – alles für ein Wahnsinnsgeld, schrecklich, es auszusprechen. Jedesmal, wenn sie gewissenhaft bezahlte, stand jemand hinter ihr, sah sie an und dachte: ›O diese verfluchten Bourgeois, diese Kooperativenbesitzer!‹

Aber sie waren keine Bourgeois und keine Kooperativenbesitzer. Arkadij war einfach zufällig auf eine Goldader gestoßen: die Restaurierung von Ikonen. Für Valuta. Er hatte viele Aufträge.

Arkadij restaurierte so, daß die Ikone alt blieb. Sie trug die Zeit auf dem Buckel. Arkadij fühlte die Zeit; und den Meister.

Marianna erlaubte nicht, daß es im Haus nach Lack und Aceton roch. Das waren giftige Dämpfe.

Arkadij ging in die Werkstatt und kam gegen acht Uhr zurück. Genau zu den Nachrichten.

Er war müde. Tagsüber das Krankenhaus, Ultraschalluntersuchungen. Ein ganz gewöhnliches Krankenhaus, ein gewöhnlicher Arzt, aber zu ihm kam ganz Moskau.

Neulich war eine Frau ohne Gesicht zu ihm gekommen. Anstelle des Gesichtes – das zum Klumpen geronnene Entsetzen. Man hatte eine Diagnose gestellt: Krebs. Arkadij machte eine Ultraschalluntersuchung und stellte eine Fehldiagnose fest. Die Frau hatte sich umbringen wollen. Und jetzt kehrte sie ins Leben zurück. Es war leicht, sich vorzustellen, was sie gefühlt hatte, als sie durch die Tür in die Freiheit trat.

Kolka kam aus der Schule, bleich und irgendwie zerquält. Marianna konnte nicht verstehen, was mit ihm los war. Er aß wie ein Lastwagenfahrer, mit seinen sieben Jahren verdrückte er die Portionen eines erwachsenen Mannes, er war absolut gesund, aber er sah aus wie ein chronisch Kranker: bleich, mit großen Ringen unter den Augen. Keinerlei Wangen, nur Augen. Dieses Menschlein bestand nur aus Augen, Rippen und einer hohen Stimme. Eine Stimme so durchdringend, daß sie jeden verrückt machen konnte. Als wenn im Frühling ein Schwarm Saatkrähen ins Haus fliegt.

Diesmal war Kolka schweigsam nach Hause zurückgekehrt, weil er eine Fünf im Schreiben bekommen hatte. Er setzte sich auf den Boden und begann seine Halbstiefel aufzuschnüren. Dann öffnete er die Schnallen seiner Mütze, die Druckknöpfe seiner Jacke. Er bestand ganz aus Schnallen, Schnüren und Druckknöpfen. Die Haare unter der Mütze waren schweißverklebt. Er sah schlimm aus. Mariannas Herz tat einen Sprung vor Liebe und Sorge.

Wenn plötzlich ein Bürgerkrieg ausbräche, man Heizung und Elektrizität abstellen würde? Wenn plötzlich Pogrome beginnen würden? Kolka hatte zu zwölf Prozent jüdisches Blut, aber wer würde das ausrechnen? Die Kosaken holten jetzt schon ihre alten Uniformen aus den Truhen, rasselten mit dem Säbel...

Marianna berührte Kolkas Schilddrüsen. Sie waren wie Bohnen. Ständig vergrößert. Und genau dort begann Leukämie.

Als Kind hatte Marianna mit Hepatitis im Krankenhaus gelegen, da hatte sie mehr als genug Kinder mit Schilddrüsenerkrankungen gesehen.

Marianna bekam auf dem Kopf eine Gänsehaut. Obwohl sie wußte, daß alles in Ordnung war, die besten Ärzte Kolka untersucht hatten, standen ihr trotzdem die Haare zu Berge. Heute war alles in schönster Ordnung. Aber morgen …

›Du bist wie die Kluge Else‹, winkte Arkadij ab.

Marianna kannte dieses deutsche Märchen. Die Kluge Else sah immer Schlechtes voraus.

Kolka zog seine Sachen an, die er immer zu Hause trug, und setzte sich an den Tisch. Er kaute und schluckte mit Hingabe. Marianna saß ihm gegenüber und schaute ihm zu.

Nach dem Essen folgte ein Spaziergang. Die Lungen sollten sich mit Sauerstoff anreichern und alles Überflüssige verbrennen.

Kolka hätte allein spazierengehen können. Den Kinderspielplatz konnte man vom Fenster aus sehen. Aber Unfälle passierten in Sekunden. Kinder sind grausam wie wilde Tiere. Sie rannten sich gegenseitig Stöcke in die Augen. So viele Gefahren lauerten auf einen kleinen Menschen. Verrückte Gewaltverbrecher liefen herum, entführten Kinder, und dann konnte man im Fernsehen die Suchmeldung hören: Ein Junge wird vermißt, Mütze mit Streifen, blaue Jacke.

Marianna zog sich an und ging mit Kolka spazieren.

Er hopste hierhin und dorthin, wie ein Staubpartikelchen im Sonnenlicht. Er lief zu einer hölzernen Rutschbahn und rutschte im Stehen hinunter. Gleich würde er stolpern und sich das Schlüsselbein brechen.

»Ko-olja!« schrie Marianna herzzerreißend.

Aber er hörte es nicht, war ganz in sein riskantes Spiel vertieft.

Einen anständigen Menschen aufziehen – war das etwa keine schöpferische Arbeit? Er würde einer Frau ein guter Ehemann und einem Kind ein guter Vater sein, der nächsten Generation Glück schenken. War das etwa nichts?

Kolka schlitterte die Rutschbahn hinab und sah zur Seite. Was er dort wohl sah...

»Papa!« schrie Kolka und lehnte sich mit dem ganzen Körper zur Seite. Er hatte seinen Vater gesehen.

Marianna erriet, daß Arkadij heute nicht in der Werkstatt gewesen war. Er hatte also nach Hause gewollt.

Arkadij streckte die Arme aus. Kolka sprang in diese Arme wie ein kleiner Frosch. Er umschlang den Vater mit Armen und Beinen.

»Ich schenke dir meinen Schal!« verkündete Kolka, nahm den Schal von seinem weißen, hilflos dünnen Hals. »Da, nimm!«

»Danke!« sagte Arkadij ernst.

Er sah aus irgendeinem Grund traurig aus.

Marianna sah die Menschen, die ihr am allerliebsten waren, und die Kopfhaut zog sich ihr vor Entsetzen zusammen: Was würde aus ihnen werden, wenn sie stürbe? Obwohl, warum sollte sie denn sterben... Die Kluge Else lief einfach voraus und bestreute alles mit grauer Asche.

Abends sahen sie die Nachrichtenprogramme »Nowosti« und »Wremja«. Das waren gute Stunden.

Kolka schlief, er hatte sich mit dem Tag ausgesöhnt. In der Küche brummte leise der schöne japanische Eisschrank vor sich hin. In ihm lagen gute Lebensmittel, schön wie die Stilleben flämischer Maler: große Früchte, rosiges Fleisch. Das Fleisch lag im oberen Fach, so nah wie möglich am Eis. Das Obst lag tiefer. Quark und Käse lagen in der Mitte. Alles war an seinem Platz, und nichts war überflüssig, genau wie in einer Strophe eines guten Gedichtes.

In der Welt passierte alles mögliche: Gamsachurdia saß im Keller des Regierungsgebäudes und wollte die Macht nicht aus den Händen geben. Erich Honecker, der in der chilenischen Botschaft saß, wollte nicht nach Deutschland zurückkehren. Bush flog mit seiner Frau irgendwohin. Seine Frau war weißhaarig und dick, er war ein alternder Jüngling. Gar kein schlechter Kerl.

Tamara tanzte irgendwo mit ihrem Tataren und fing seine unsteten Blicke auf. Und die Temperatur ging wieder gegen Null, der Winter wollte einfach nicht aufhören.

Am nächsten Morgen lief Marianna zu Tamara, um das ›Allerinteressanteste‹ zu hören.

»Er macht es wie ein Gott im Olymp«, verkündete Tamara geheimnisvoll.

»Und machen es die Götter denn anders als die Menschen?«

»Sie machen es göttlich.«

»Und wie ist das?«

»Das kann man nicht erklären. Das muß man fühlen.«

»Und was fühlst du?«

»Vor allem: keinerlei Scham. Für mich ist das der wichtigste Indikator: schäme ich mich dabei oder nicht? Wenn ich mich schäme, dann heißt es aufhören. Gott will es nicht.

Wenn man sich nicht schämt, dann ist es Gott recht. Man muß auf sich selbst hören.

»Und wann habt ihr das geschafft? Wo denn?« wunderte sich Marianna.

»Im Auto. Musik kam aus dem Autoradio. Ein Straußwalzer.«

»Im Walzertakt?«

»Als ich rauskam, glänzte der Asphalt. Er glitzerte geradezu.«

»Es hat wohl geregnet«, sagte Marianna.

»Ach, ja?« fuhr Tamara aus ihren Gedanken auf. »Vielleicht. Und weißt du, was ich begriffen habe?«

»Was hast du begriffen?«

»Liebe – das ist der Sinn des Lebens. Die Menschen suchen und suchen, und bitteschön, da ist er ... einen anderen Sinn des Lebens gibt es nicht.«

Tamara schwieg einen Moment. Dann bekannte sie einfach, ohne Pathos: »Ich kann nicht ohne Liebe leben. Ich kann mir nicht vorstellen, was ich mal mache, wenn ich alt bin.«

›Du gewöhnst dich daran‹, dachte Marianna, sagte aber nichts.

»Na, ich gehe jetzt.« Marianna stand auf.

»Es ist immer dasselbe mit dir«, sagte Tamara beleidigt.

»Und bei dir?«

»Bei mir ist immer etwas anderes los.«

Der Rest des Tages verlief wie immer, aber mit einer leichten Verstimmung. Jemand hatte in der Schule Kolkas Daunenjacke gestohlen.

Marianna ging mit Kolka zur Lehrerin. Sie machte große Augen vor Schreck.

»Ziehen Sie ihm lieber keine guten Sachen an«, riet die Lehrerin. »Kaufen Sie ihm einfach eine Wattejacke.«

»Und wo krieg ich die zu kaufen?« sagte Marianna.

Die Frage blieb in der Luft hängen. Nichts kaufen ging auch nicht, und die Lehrerin wußte das genau.

Sie gingen auf die Straße hinaus. Kolka wurde von seinem besten Freund Goscha begleitet.

Marianna streifte ihre Jacke ab und zog sie ihrem Sohn über.

»Und du?« fragte Kolka.

»Ich gehe so... Es ist ja nicht weit.«

»Meine Mama hat mir auch ihre Mütze gegeben, als sie mir meine geklaut haben«, sagte Goscha.

Zu Hause kletterte Marianna auf den Hängeboden und kramte Kolkas altes Mäntelchen hervor. Damit sah er wie ein kleiner Gauner aus, so armselig, so heruntergekommen, daß Marianna aufschluchzte.

Um die Jacke tat es ihr nicht einmal so leid, das war ein ersetzbarer Verlust. Aber Kolka tat ihr leid, der in *so* eine Schule ging, in *so einem* Land.

Ein anderes Land wollte Marianna nicht. Aber sie wollte, daß in ihrem großen Zuhause alles in Ordnung war. Und wann würde endlich alles in Ordnung sein?

Arkadij tat alles, um seine Familie von dieser trüben Epoche abzuschirmen, aber die Epoche schaute doch mit schiefer Fratze in ihr Heim. Man konnte sich nirgends verstecken.

Wieder kroch die Quecksilbersäule auf Null zu. Durch

den Schneematsch und das winterliche Chaos drangen lange Klingelzeichen, die ein Telefongespräch aus einer anderen Stadt ankündigten. Die Schulfreundin Nina Polosina lud zur Hochzeit ihrer Tochter ein.

»Wie alt ist sie denn?« fragte Marianna erstaunt.

»Achtzehn. Sie ist im ersten Studienjahr.«

Und ihr Kolka ging in die erste Klasse. Nina hatte ihr Kind mit zwanzig bekommen. Marianna ihres mit dreißig.

»Ich versuche zu kommen!« rief Marianna in den Hörer.

Aber sie wußte genau, daß sie nicht fahren würde.

»Fahr doch!« schlug Arkadij unerwartet vor. »Das sind doch mal ein paar neue Eindrücke.«

»Was für Eindrücke?« wunderte sich Marianna. »Was gibt es da schon, was ich nicht schon gesehen habe?«

»Na, man kann doch nicht immer auf ein und demselben Platz hocken. Man darf doch nicht so un-neugierig werden«, sagte Arkadij unerwartet gereizt.

»Willst du wirklich, daß ich fahre?« fragte Marianna verwundert.

»Man muß seinen Verpflichtungen nachkommen. Die Pflichten der Jugend, die Pflichten der Freundschaft ... Man darf sich doch nicht so abkapseln.«

Arkadij wechselte vom Fernsehgerät zur Zeitung. Es sah schön aus, wie er so dasaß, ein Bein über das andere geschlagen. Er rauchte auf eine schöne Art und Weise, blinzelte mit einem Auge. Und da sollte sie irgendwohin fahren. Die Kriminalitätsrate wuchs. Es konnte irgendein pickeliger Sechzehnjähriger ins Abteil kommen und sie mit ausgesuchter Grausamkeit umbringen.

Einmal, als Jugendliche, hatte Marianna eine Gans umgebracht. Die Gans war stark gewesen, mit einem Hals, dick wie eine Wurst. Aber Marianna war noch stärker gewesen und schwerer. Sie drückte die Gans mit einem Stock zu Boden. Die Gans wand sich. Aus ihr kamen starke Gefühle: Haß, Schmerz, Angst. All das strahlte sie in Wellen aus und erreichte Marianna, die durch diesen vorher nie gekannten Zustand erregt wurde. Wahrscheinlich nannte man das Sadismus. Sadisten brauchen anstelle von Zärtlichkeit die Angst eines anderen Menschen.

»Eine Hochzeit auszurichten, in so einer Zeit...« brummte Marianna.

»Die Zeit kann man sich nicht aussuchen. Die, die man bekommt, in der muß man leben; und heiraten und sterben.«

Und so ist es tatsächlich. Die Zeit kann man sich nicht aussuchen.

Der Zug fuhr an, und genau beim Rumpeln des Anfahrens kam ein zweiter Passagier in das Abteil. Marianna erkannte ihn sofort: Es war ein berühmter Schauspieler, ein Mann, der etwas auf sich hielt. Er war weder jung noch alt. Er roch nach dem dritten Tag einer Ausnüchterungsphase.

Marianna kannte sich aus mit ›Trockenphasen‹. Ihre Mutter hatte getrunken, und Marianna hatte sich in ihrer Kindheit bei allen möglichen Freundinnen und Verwandten herumgedrückt, daran gewöhnt, zu übernachten wie und wo es gerade kam. Sie hatte einen Traum gehabt, klar wie Kristall: ihr eigenes Heim. Vielleicht liebte und hütete sie deshalb ihre Wohnung so sehr.

Der Schauspieler ließ sich schwer auf der Sitzbank nieder. Er richtete sich sofort häuslich ein, begann sich umzuziehen. Marianna ging auf den Gang hinaus, um ihn nicht zu stören. Als sie wieder hereinkam, lag er schon da, wie ein Heuhaufen, den man umgekippt hat.

»Entschuldigen Sie bitte«, sagte der Schauspieler schuldbewußt.

»Weshalb?« fragte Marianna verständnislos.

»Weil ich Sie nicht unterhalte, Ihnen keine Beachtung schenke.«

Er entschuldigte sich dafür, daß er ihr nicht auf den Pelz rückte.

Marianna wollte fragen: ›Und haben Sie auch schon mal eine anständige Frau kennengelernt?‹

Aber sie fragte nicht. Es war nicht ihre Sache.

Der Schauspieler schnarchte bereits. Das Abteil füllte sich mit Alkoholausdünstungen.

Marianna legte sich auch hin und schaute zur Decke. Im Zug schlief sie immer schlecht. Sie konnte nur bei sich zu Hause schlafen, nur neben Arkadij. Die ersten zehn Jahre hatten sie zwei Betten gehabt, die nebeneinander standen. Man konnte die Matratzen schieben, wie man wollte, immer blieb zwischen den Betten die Ritze mit den harten, hölzernen Kanten. Arkadij legte sich bequem auf seine Matratze, Marianna kuschelte sich an ihn und kam auf der Ritze zu liegen. Sie tauschte die beiden Betten gegen ein einziges. Ein arabisches. Arkadij nannte es das ›Provinzbordell‹: Das Bett war breit wie ein Stadion. Eine bequeme Matratze, nicht härter, nicht weicher, als sie sein soll. Das Bett war ein Gedicht. Die Decke war eine richtige Daunendecke. Man lag darunter wie unter einer warmen Wolke. Und draußen klopften Regentropfen auf das blecherne Fenstersims.

Marianna war ein häuslicher Mensch. Sie hatte keinerlei Berufsausbildung.

In ihrer frühen Jugend hatten sie allerlei Ambitionen gequält, sie träumte davon, in einem Film mitzuspielen: Alle sollten sehen, wie schön sie war. Sie bemühte sich, in die Schauspielschule aufgenommen zu werden, aber sie kam nicht an. Ihr Talent wurde nicht entdeckt. Marianna deprimierte das, Arkadij tröstete sie. Ihre Liebe brannte damals wie eine grelle Fackel. Arkadij mußte zur Armee, aber er konnte sich die Trennung von Marianna nicht vorstellen. Er verstellte sich, machte auf geistig behindert und legte sich in die Krankenstation. Er wurde von einer Kommission begutachtet. Entweder hatte er gut simuliert, oder er war wirklich leicht schizoid. Wer kann schon die Grenze zwischen Norm und Nicht-mehr-Norm so genau bestimmen?

Arkadij ersparte sich auf diese Weise zwei Jahre, studierte und wurde Arzt. Und nicht irgendein Arzt, sondern ein einzigartiger Spezialist. Er hatte eine überscharfe Intuition und konnte schon vom Aussehen her den Zustand eines Menschen feststellen, schon allein daran wie er ›Guten Tag‹ sagte. Ein Mensch, der nicht gesund ist, spart unbewußt Energie und grüßt ohne jegliches Interesse, aus purer Notwendigkeit. Ein gesunder Mensch dagegen ist voller Neugier und begierig auf Austausch.

Arkadij wurde ständig auf Dienstreisen geschickt, in alle Ecken des Landes: an den Polarkreis, in den Fernen

Osten der Sowjetunion. Sie setzten Ärztebrigaden in der Provinz ab wie eine Landetruppe, um bei der Bevölkerung Vorsorgeuntersuchungen durchzuführen. So würde man Krebserkrankungen früh erkennen.

Arkadij rief aus jeder beliebigen Ecke des Landes an, er mußte sie unbedingt durch das Wort berühren. Marianna stand mit dem Hörer in der Hand da und fragte: »Wann kommst du zurück?«

Und wenn es nicht bald war, beispielsweise erst in einer Woche, fing Marianna an zu weinen. Und er hörte zu, wie sie weinte und aufrichtig litt.

Er kam grau und müde zurück. Müde an Körper und Seele. Die Menschen taten ihm leid. Er litt unter der eigenen Hilflosigkeit. Er haßte die armselige Gesundheitsfürsorge in dieser kriminell gleichgültigen Gesellschaft.

Sie sprachen lange miteinander. Dann legten sie sich auf das arabische Bett unter die Daunendecke, und nach und nach entfernte sich das fremde Unglück und die Gleichgültigkeit der Gesellschaft und wurde etwas von ihnen Getrenntes, wie die Landschaft draußen vor dem Fenster.

Dem ehrlosen Leben der Stagnationszeit hatten sie nur ihr Heim entgegenzusetzen, ihre Festung. Dann brach die Stagnationszeit zusammen, es kam die lang erwartete Demokratie, und es wurde noch schrecklicher, sein Heim zu verlassen. Man mußte eine eiserne Tür bestellen. Und wie sich das Leben verändert hatte... Als ob im Sommer Schnee fiele: Gerade war das Gras noch grün, und mit einem Mal wurde alles weiß.

Auf wen sollte man noch zählen? Auf Gott? Auf Jesus Christus? Arkadij restaurierte Ikonen. Marianna betrachtete das Antlitz der Heiligen, wie sie die Photographien ihrer Verwandten betrachtete. Christus auf Marias Armen – ein Kind, und dann war er plötzlich mit einem erwachsenen, reifen Gesicht dargestellt. Als hätte man ihm die Kindheit verweigert. Als wäre er sofort GOTT gewesen.

»Wir sind selbst an allem schuld«, sagte der Schauspieler unerwartet klar. »Siebzig Jahre haben wir diese Macht unterstützt, haben für sie gearbeitet wie die Sklaven.«

Der Satz war zu lang und zu vernünftig, um eine Fieberphantasie zu sein.

»Ich habe sie nicht unterstützt«, sagte Marianna. »Ich habe nur gelebt.«

»Sie haben geschwiegen. Also haben Sie sie unterstützt. Deshalb müssen Sie jetzt büßen.«

»Auf welche Weise?« fragte Marianna verständnislos.

»Wälzen wir uns in der Scheiße! Vielleicht müssen wir sie mit Blut abwaschen, und dann erst werden wir menschlich leben.«

»Und muß das unbedingt sein, daß wir uns in der Scheiße wälzen?«

»Unbedingt«, sagte der Schauspieler im Brustton der Überzeugung.

Er setzte sich auf und machte sich daran, eine Flasche Mineralwasser zu öffnen. Er klemmte den Kronkorken an der äußersten Ecke des Tischchens fest und schlug mit der Faust darauf. Es wäre einfacher gewesen, den Öffner zu nehmen.

Nina Polosina stand auf dem Bahnsteig und wartete. Ihre Stimmung war etwas gedrückt. Es war wie in Puschkins

Gedicht *Masepa*: ›Drei Schätze des Lebens waren mir zur Freud' gegeben . . .‹

Nina Petrowna Polosina hatte auch drei Schätze. Erstens: ihre Tochter Katja. Ein schönes, tüchtiges Mädchen. Schon in der Schule hatte die Lehrerin gesagt: ›Ich könnte weinen, so ein wunderbares Mädchen ist das.‹

Der zweite Schatz: ihre Gesundheit. Jedesmal, wenn sie im Gesundheitszentrum gewesen war, sagte der Arzt: »Nina Petrowna, Sie sind praktisch eine gesunde Frau.«

»Und theoretisch?« hatte Nina gefragt.

»Theoretisch sind wir alle krank. Die Umweltschäden . . .«

Der dritte Schatz war ihr Beruf gewesen, die Philosophie des Marxismus-Leninismus. In der Zeit, als der Sozialismus noch am Ruder war, war ihr ein Stück Brot sicher gewesen.

Und jetzt war alles mit einem Mal zusammengesackt. Als wenn eine Lawine von den Bergen herunterrollt, die mit leisem, unheilverkündendem Rascheln alles niedermäht, was sich ihr in den Weg stellt.

Katja heiratete einen Möbelpacker. Er hatte an einem polytechnischen Institut abgeschlossen. Oder vielleicht noch nicht einmal abgeschlossen. Eine Mesalliance. Es war wie früher, wenn sich zur Zeit der Revolution ein adeliges Fräulein in einen Mann aus dem Volk verliebte.

Katja hatte sich also in einen Möbelpacker verliebt. Und warum? Weil sie achtzehn war und keinen passenden Umgang hatte. Das Institut, in dem sie studierte, hatte einen riesigen Frauenüberschuß, es war ein pädagogisches Institut. Aus dem Institut ging sie nach Hause. Von zu Hause ins Institut. Katja war auf den erstbesten, der die Initiative ergriffen hatte, hereingefallen.

Zu Zeiten Puschkins hatte es Bälle gegeben, es war der reinste Jahrmarkt der Bräute gewesen. Es versammelten sich Leute aus denselben Gesellschaftskreisen. Es gab einen Beruf, der sich ›Brautwerberin‹ nannte. Alles war wohl durchdacht. Und jetzt? Wo kann eine junge Frau einen Bräutigam finden? Soll sie vielleicht in den Süden reisen? In der Straßenbahn jemanden kennenlernen?

Katja war ein schüchternes Mädchen mit Zopf... Der Möbelpacker trug sie auf Händen. Ließ die Muskeln spielen. Sie kicherte, hängte sich ihm an den Hals. Sie hatte keinerlei Belehrungen hören wollen. Sie schluchzte. Man mußte nachgeben. Einem Hurrikan darf man keinen Widerstand entgegensetzen. Er fliegt heran, bricht ein paar Bäume ab, wirft ein paar Holztreppen um. Und flaut wieder ab. Dann kommen die Leute wieder heraus, stellen die Treppen wieder auf, ziehen die Leitungen straff; man beseitigt die Folgen.

So würde es auch bei Katja passieren. In einem Jahr wäre sie klüger, würde sich scheiden lassen. Wenn sie während dieser Zeit bloß kein Kind bekäme! Ein Kind, das sind Folgen, die man nicht beseitigen kann.

Der zweite Schatz, die Philosophie des Marxismus-Leninismus, hatte sich als gefälscht herausgestellt. Alles krachte mit Getöse zu Boden: sowohl Marx als auch Lenin.

Nina hatte Marx früher schon nicht sonderlich gemocht, weil er sich von Engels hatte aushalten lassen. Sie war skeptisch gegenüber Leuten, die auf Kosten anderer lebten. Lenin war etwas anderes. Lenin war ein Idol gewesen. Ein Russe kann ohne Idol nicht leben, das ist schon seit Urzeiten so. Aber selbst Lenin wollte man jetzt als Idol entlassen, wollte die Mumie beerdigen. Oder für teures Geld an ein Emirat verkaufen. Für Valuta. Mit den Valuta würden die Renten der Alten bezahlt. So brachte die Mumie wenigstens einen Nutzen. Ninas Mann, Michail, ein Milizoberst, griff sich an den Kopf: Lenin verkaufen, welch ein Zynismus...

Westliche Wissenschaftler waren gegen eine Beerdigung: Die Mumie hatte schon viele Jahre auf dem Buckel, sie war siebzig Jahre alt. Das ist ein wissenschaftliches Experiment. Es wäre doch schade, ein Experiment in der Erde zu vergraben...

Wer hätte sich noch vor fünf Jahren solche Worte in Verbindung mit Lenin auch nur vorstellen können: ›Experiment‹, ›verkaufen‹... Das war nun wirklich eine Naturkatastrophe, eine Berglawine. Und wie sollte man diese Naturkatastrophe bewältigen? Gar nicht. Viele packten eilig die Koffer, verkauften ihre Wohnungen gegen Valuta, und nichts wie weg. Wer würde schneller sein? Die Menschen oder die Lawine? Wer würde es schaffen? Sie flüchteten nach Israel, nach Amerika und schnauften schwer.

Aber Nina mit ihrer marxistisch-leninistischen Philosophie und ihrem Milizoberst als Ehemann, wohin hätte die schon flüchten sollen? Was konnte er denn, außer Befehle erteilen?

Der dritte Schatz, die Gesundheit, sagte traurig: ›Auf Wiedersehen, Nina, auf bessere Tage!‹

Zu hohen Blutdruck konnte man kriegen, von solchen Zeiten. Gut, wenn man dann wenigstens innerhalb einer

Stunde starb, sonst könnte man noch in einer Ecke herumliegen wie ein Sack. Da käme der Packer dann gerade richtig...

Der Zug war inzwischen eingelaufen und hielt an. Aus einem Waggon schälte sich Marianna, die Jugendfreundin, heraus und kam ihr entgegengelaufen. Eine schöne, teuer angezogene, wohlsituierte Frau. Sie hatte sich gar nicht verändert: dieselben stillen Augen, derselbe vertrauensvolle Gesichtsausdruck. Sie kam aus der Vergangenheit, aus der Zeit, da sie beide jung gewesen waren, leichtsinnig und voller Hoffnungen...

Jetzt kam es ihr manchmal so vor, als ob es weder ihre Kindheit, noch ihre Jugend je gegeben hätte, so wie es beispielsweise das alte Ägypten nicht mehr gab.

Marianna kam auf sie zu. Also hatte es eine Kindheit gegeben, und eine Mutter.

Nina fing an zu weinen. Marianna umarmte die Freundin, sie spürte deren Aufregung, und in diesem Moment freute sie sich, daß sie nicht geizig gewesen war und ein teures Geschenk mitgebracht hatte: eine ganze Garnitur Kristallgläser. Ein Souvenir fürs ganze Leben. Sofern sie nicht kaputtgeschlagen wurden, versteht sich.

Sie gingen langsam den Bahnsteig entlang.

»Wer ist der Bräutigam?« fragte Marianna.

»Ein Möbelpacker.«

»In welchem Sinne?« fragte Marianna nach.

»Im ganz konkreten. Er packt Kühlschränke um.«

»Ist er ein Dissident?«

In den siebziger Jahren gab es diese Art des sozialen

Protestes: Die Intellektuellen gingen als Wächter und Aufzugswärter arbeiten.

»Was gibt es jetzt noch für Dissidenten?« fragte Nina finster. »Da kann man sagen, was man will. Er ist einfach ein Möbelpacker und fertig.«

»Ist das dein Ernst?« fragte Marianna ungläubig.

»Natürlich ist das mein Ernst.«

»Und wo hat Katja den her?«

»Er kam zu uns nach Hause. Erschien an der richtigen Adresse. Wir haben einen Kühlschrank auf die Datscha verfrachtet. Er kam mit seinem Partner. Sie haben den Kühlschrank vom fünften Stock heruntergeschleppt. Und dann hat er Katja auf Händen getragen. Es war lustig. Am nächsten Tag erschien er mit Blumen. Es war noch mal lustig. So haben sie sich eben vergnügt.«

»Und wie ist er so?« fragte Marianna.

»Er ißt viel. Suppe mit Brot und Butter. Kompott mit Brot und Butter. Ich hab jedesmal Angst, daß er alles aufißt und dann ich an die Reihe komme.«

»Liebt ihn Katja?«

»Wie kann man einen Menschen lieben, der keine Bücher liest? Und keinen Tropfen trinkt. Alle trinken, nur er nicht.«

»Das ist doch gut.«

»Das ist verdächtig. Er hat wohl Angst, wieder umzukippen. Meiner Meinung nach ist er ein trockengelegter Alkoholiker.«

»Aber das muß man doch rauskriegen«, sagte Marianna ganz aufgeregt. »Wie soll sie sonst mit ihm Kinder haben?«

»Eben, genau ...«

Nicht nur die Tochter war in Gefahr, sondern die Kinder und Kindeskinder.

»Verflucht soll er sein, dieser Kühlschrank«, sagte Nina.

»Und wie geht's Mischa?«

»Er ist bei der Miliz. Ein Stalinist und Antisemit. Aber jetzt denkt er: Lieber hätte Katja einen Juden heiraten sollen.«

»Gibt es denn Juden, die als Möbelpacker arbeiten?« wunderte sich Marianna.

»Nein. Die sind jetzt alle an der Börse. Aber immer noch besser an der Börse ...«

»Ja, ja ...« stimmte Marianna gedankenverloren zu.

Sie gingen eine Zeitlang schweigend. Das Leben arrangiert nicht alles so, wie man es will. Man will das eine und bekommt das andere. Auch Kolka würde heranwachsen und Tamaras Töchterchen heiraten. Sie sahen sich schon jetzt jeden Abend zusammen Zeichentrickfilme an. Tamaras Töchterchen kam ganz auf die Mutter heraus. Sie war hin und weg, wenn es im Film um Liebe ging. Und Kolka geniert sich, dreht sich weg. Er ist noch ein kleiner Dummkopf. Aber sie wird's ihm schon beibringen ...

»Hat dich schon mal einer auf Händen getragen?« fragte Marianna.

»Nein«, sagte Nina verwirrt.

»Mich auch nicht.«

Sie gingen zum Taxistand. Die Preise waren auf das Zehnfache geklettert, deshalb gab es freie Taxis.

»Und wie geht es dir?« knüpfte Nina das Gespräch wieder an.

Marianna schwieg, sie gab nicht gern an mit ihrem Leben. Sie wollte keine schlafenden Hunde wecken und fürchtete Neider.

Die Kinder haben einen Spottvers: ›Ich flieg weit weg, und du liegst im Dreck.‹

So ging es auch Marianna. Sie ›flog weit weg‹, sie hatte Liebe, Geld, einen Sinn des Lebens. Und fast alle anderen um sie herum lagen im Dreck ihrer Probleme. Es waren gute Menschen, aber im Dreck. Marianna hatte einfach Glück gehabt.

Katja stand in ihrem Hochzeitskleid mitten im Zimmer. Die Nachbarin, eine Schneiderin, befestigte eine Rispe künstlicher Maiglöckchen auf der Schulter. Maiglöckchen sind nicht Paris, und auch das Kleid war bloß aus Vorhangstoff, aber alles zusammen – diese Jugend, die Erwartung des Glücks, der lange Hals, die schlanke Taille – war so schön, daß Marianna nur so staunte.

Auch Kostik, der erste Gast, Katjas Schulkamerad, staunte. Er war ganz früh am Morgen angekommen und hatte nichts zu tun. Also stand er einem in den Füßen herum.

Kostik sah Katja fassungslos an. Für ihn war Katja die Banknachbarin gewesen, ein ganz alltägliches Mädchen, mit abgekauten Fingernägeln. Und plötzlich sah er einen Traum in Weiß vor sich stehen.

»Was war ich bloß für ein Idiot«, sagte Kostik zu sich selbst.

Er war als Trauzeuge zur Hochzeit eingeladen und hätte doch der Bräutigam sein können. Diese Erkenntnis schlug ihm wie eine Tür ins Gesicht. Es war schmerzhaft und unerwartet.

Als Nina und Marianna abgelegt hatten, gingen sie direkt in die Küche und begannen die Teller mit Salat und Sülze zu garnieren. Aus Schnittlauch, Möhren, gekochten Eiern und eingelegten Tomaten komponierte Marianna auf den Tellern richtige Sujets mit grünen Wiesen, Häschen und Fliegenpilzen.

»Schon gut, Tante Mascha. Gleich kommen die Gäste und machen alles kaputt. Im Magen vermischt sich ja doch alles«, sagte Katja.

»Aber bevor sie es zerstören, ist es schön«, erwiderte Marianna.

»Na, das ist eine Haltung!« Katja stibitzte von der Torte eine Walnuß.

»Hörst du wohl auf!« rief Nina sie zur Ordnung. »Ich kann das nicht ausstehen, wenn jemand vorher was runterißt. Und damit du's weißt: ich geh nicht mit ins Standesamt. Das ist mir zuviel Brimborium.«

»Dann eben nicht«, stimmte Katja sofort zu. »Es geht sowieso ganz schnell: hier rein – da rein, fertig.«

»Hast du das gehört?« wandte sich Nina an Marianna. »›Hier rein, da rein, fertig‹, wie findest du denn das?«

»Aber was willst du denn jetzt wieder?« fragte Katja gutmütig erstaunt. »So gefällt's dir nicht, und so auch nicht...« Sie stibitzte noch eine Walnuß, leckte sich die Finger ab und machte schnell, daß sie wegkam.

Nina ließ sich kraftlos auf einen Schemel sinken.

»Habe ich etwa von so einer Hochzeit geträumt?« sagte sie traurig.

»Also, weißt du, dieser Kostik ... Er hat es ganz schön bereut.«

»Was? Wieso?« wunderte sich Nina.

»Ach, nichts. Nur so ...«

Die Tür flog auf, herein stürmte der Ehemann in einer Blousonjacke. Er hatte einen Schnurrbart und langes Haar wie ein Sänger aus einer Band.

»Das Auto ist da!« verkündete der atemlose Bräutigam.

Er hob Katja auf die Arme und stürmte mit ihr zur Tür.

»Der Mantel!« rief Nina herzzerreißend.

»Ach, ja ...« fiel es dem Bräutigam plötzlich ein.

Kostik warf Katja den Mantel wie eine Wolldecke über. Sie saß auf den Armen des Bräutigams wie in einem Schaukelstuhl, ein Bein über das andere geschlagen.

Sie verschwanden hinter der Tür. Ihre Jugend und die neue Leidenschaft segelte samt Schleppe die Treppe hinunter.

»Wie gefällt er dir?« fragte Nina.

Marianna schwieg.

Sie fühlte hellen Neid. Es ging nicht darum, wer Möbelpacker war und wer Arzt. Das Leben war vorbei. Noch nicht ganz, natürlich, aber dieses Stück ungezügelte Sorglosigkeit, da man alles auf die leichte Schulter nimmt. Du drohst ihnen mit dem Finger, sie lachen. Genauso jetzt: Man hebt den Zeigefinger, und sie schauen hin. Na und? Ein Finger. Und was weiter? Nichts.

Katja kam zu Fuß zurück, ohne Begleitung. Sie ging auf ihren hohen Absätzen wie auf Stelzen.

»Das Auto ist weg. Es hat nicht auf uns gewartet«, erklärte Katja.

»Und wo ist er?«

»Versucht ein anderes zu finden.«

»Wieso ist das Auto denn weggefahren?« fragte Marianna aufgebracht.

»Er hat es nicht richtig vereinbart«, erklärte Nina. »Das heißt, er hat ihnen zu wenig Geld geboten.«

»Weißt du vielleicht, was die heutzutage verlangen?« verteidigte Katja ihren Bräutigam.

»Geizig ist er auch noch.«

Nina setzte sich plötzlich hin und brach in Tränen aus.

Katja ging zur Mutter, strich ihr übers Haar und sagte ab und zu: »Mama, ach, Mama...« Sie sagte es in genau demselben Tonfall wie Nina früher als Kind.

»Hört auf!« bat Marianna. »Da habt ihr euch grad den richtigen Zeitpunkt ausgesucht.«

In der Küche erschien erneut der Bräutigam, ganz aufgedreht von seinem Erfolg. »Jetzt ist alles in Butter!«

Er schnappte Katja und verschwand mit ihr, ohne die Tragödie zu bemerken, die sich um seine Person drehte.

»Es kommt mir schon fast so vor, als ob Katja... na, also, als ob mit ihr was nicht stimmt«, vertraute Nina sich an.

»Und was heißt das?«

»Na, daß sie eine Idiotin ist. Nicht für voll zu nehmen.«

»Man muß in einem jungen Menschen seine Zukunft achten. Verstehst du? Man darf ihn nicht mit Mißtrauen erniedrigen.«

»Was für eine Zukunft hat schon ein Möbelpacker?« fragte Nina erstaunt.

»Woher willst du das wissen? Das kannst du doch gar

nicht sagen. Lomonossow hätte auch nach Moskau kommen und für eine gewisse Zeit als Möbelpacker arbeiten können.«

In der Küche erschien Ninas Mann. Er hatte Boxershorts an und ein Unterhemd. Geräuschvoll trank er Wasser, worauf er wieder verschwand.

»Er liegt die ganze Zeit da und starrt die Wand an«, sagte Nina. »Er leidet so.«

Das Leben hatte dem Oberst im Alter von fünfundvierzig Jahren eine lange Nase gemacht. Offensichtlich lag er tagelang da und besah sich sein Leben mit der langen Nase am Schluß.

Gegen acht Uhr kamen die Gäste. Hauptsächlich junge Leute, Katjas Freundinnen. Der Möbelpacker hatte sich wohl nicht entschließen können, seine Freunde einzuladen, vielleicht hatte er aber auch keine. Eltern hatte er ebenfalls keine aufzuweisen. Den Vater hatte es nie gegeben (außer beim Moment der Zeugung). Und die Mutter lebte weit weg auf dem Lande und konnte nicht kommen.

Marianna war den ganzen Tag auf den Beinen gewesen und war jetzt so müde, daß sie nur noch eins wollte: weggehen und sich auf Mischas Platz legen. Mischa hatte um acht Uhr frischen Mut gefaßt und seine Galauniform angezogen. Sie war dunkelblau mit goldenen Litzen und sah immerhin nach etwas aus: ›James Bond auf sowjetisch‹. Er reagierte auf die jungen Mädchen, wobei er ganz offensichtlich Blondinen bevorzugte. Nina stand mit einem aufgeklebten Lächeln da.

Sie setzten sich lärmend zu Tisch.

Katja behielt recht: Alles wurde im Nu vom mächtigen Hurrikan des jugendlichen Appetits hinweggefegt. Und niemand hatte die Schönheit der grünen Wiesen mit Fliegenpilzen zur Kenntnis genommen. In den Mägen vermischte sich tatsächlich alles. Der Bräutigam aß ununterbrochen. Lediglich bei den »Bitter!«-Rufen* stand er auf und stürzte sich mit mayonnaiseverschmierten Lippen auf Katja. Es war offensichtlich, daß er ein Bursche mit Erfahrung war und daß sie sich nicht zum ersten Mal küßten.

Mischas Gesicht versteinerte in solchen Minuten, und er bemühte sich, nicht hinzusehen, wie seine Tochter, die reine Taube, befleckt wurde.

Es kam der Moment, da alle von der Wärme und dem Glück des Um-den-Tisch-Sitzens eingehüllt waren. Nina schien sich mit dem Geschehenen abgefunden zu haben und langte sogar nach dem Wodkaglas. Aber plötzlich schluchzte sie bitterlich auf. Alle dachten: vor Glück. Nur Marianna sah, wie sie untröstlich und aus tiefster Seele weinte. Wie an einem Sarg.

Nur mit Mühe gelang es Marianna, sich von der Tischrunde zu lösen. Sie warf sich den Mantel über und trat auf die Straße.

Nicht weit weg, um die Ecke, leuchteten die Fenster eines Telegrafenamtes. Es war rund um die Uhr geöffnet. Marianna begriff plötzlich, warum sie weggegangen war. Nach Hause anrufen. Mit der Stimme an ihr eigenes Leben rühren. Was taten sie jetzt gerade? Kolka schlief wahr-

* Traditioneller Ruf bei russischen Hochzeiten, auf den sich das Brautpaar küßt.

scheinlich schon. Er hatte die Angewohnheit, Leintuch und Decke wild ineinander zu verschlingen und lag dann da wie ein ausgesetztes Kind in Lumpen. Gott hatte ihn Marianna vor die Tür gelegt. Es war, als wenn dadurch eine Kerze angezündet worden wäre, die alles in ihrem Leben bis auf die letzte Ecke ausleuchtete. Alles wurde hell und klar: Warum hatte sie Arkadij so lange geliebt? Damit eine Frucht der Liebe entstünde. Warum arbeiteten sie beide? Jeder bestellte sein eigenes Feld, um seine eigenen Früchte zu ernten.

Die Straße, die Marianna entlangging, war eine aus den alten St. Petersburger Zeiten. Jedes Haus war anders. Der Stil war Jugendstil oder Postmodern.

Marianna verstand davon nicht viel. Arkadij kannte sich da aus.

Marianna ging ins Telegrafenamt. Eine Frau stempelte hinter einem Fensterchen Umschläge. Aus irgendeinem Grunde kamen Marianna ausländische Briefe in soliden Umschlägen in den Sinn. Oben drauf schrieb man den Namen des Empfängers. Dann die Straße. Das Haus. Die Stadt. Am Schluß das Land. Das Land kam ganz zuletzt.*

Marianna ging in eine Fernsprechkabine. Sie wählte. Sie war darauf gefaßt, die Geräusche zu hören, die einem Ferngespräch vorausgingen, aber es war sofort eine Stimme zu hören. Wie aus dem Kosmos.

»Na, wie kannst du das vergleichen?« fragte ein Mann.

Marianna wurde klar, daß sie zufällig in eine fremde

* Bei russischen Adressen ist die Reihenfolge genau umgekehrt: Zuerst kommt das Land, an allerletzter Stelle der Name des Empfängers oder der Empfängerin.

Leitung geraten war. Sie wollte den Hörer wieder auflegen, aber aus irgendeinem Grund zögerte sie. Die Stimme kam ihr bekannt vor.

»Wie kannst du das ver-glei-chen?« wiederholte der Mann.

Diese Art, die Silben so zu dehnen, hörte sich nach Arkadij an. Wenn er etwas beweisen wollte, dann betonte er jede Silbe einzeln. Und die Stimme war auch die seine – tief, sonor. Arkadij, der Melancholiker, sprach meistens langsam und zäh, aber jetzt drang durch seine Stimme eine verhaltene Leidenschaft.

»Du hast deinen Beruf, Menschen, Reisen. Du hast dich selbst. Und was hat sie? Kochen, den Tisch decken, abräumen, Geschirr spülen. Sie lebt wie der allereinfachste Organismus. Im Vergleich mit dir ist sie ... ein Pantoffeltierchen.«

»Aber trotzdem lebst du mit ihr und nicht mit mir«, antwortete eine Frauenstimme.

»Sie tut mir leid, aber dich, dich liebe ich.«

»Liebe ist nicht die Summe des Miteinanderschlafens, sondern die Summe der gemeinsamen Verantwortung. Ich will auch, daß du mich bemitleidest und dich für mich verantwortlich fühlst. Es reicht. Laß uns dieses Gespräch beenden.«

»Nein, warte!« rief Arkadij.

»Wann begann der Krieg mit Afghanistan?« fragte die Frau unvermittelt.

»Weiß ich nicht mehr. Wieso?«

»In dem Jahr hat mit uns alles angefangen, damals als die Sowjetarmee in Afghanistan einmarschierte. Und jetzt ist der Krieg längst zu Ende. Und wir beide drehen uns immer noch im Kreis. Ich habe die Nase voll von diesem Miteinanderschlafen als Selbstzweck, hinter dem nichts steht. Ich hole meine Fahne ein und ziehe meine Truppen zurück.«

»Warte!« rief Arkadij.

»Schon wieder ›warte!‹...«

»Dreh mir nicht das Wort im Munde herum. Ich komme jetzt zu dir, und dann reden wir.«

»Wenn du kommen willst, um mir zu sagen, daß deine Frau ein Pantoffeltierchen ist und dein Sohn in einem schwierigen Alter, dann bleib zu Hause.«

»Ich komme jetzt...«

Man hörte ein kurzes Tuten in der Leitung.

Marianna sah den Hörer an und hängte ihn auf den Haken.

Sie stand einen Moment da.

Sie wählte erneut. Das Rattern der Nummern, die Verbindung, die langen Klingelzeichen, die das Ferngespräch anzeigten. Er war tatsächlich weggefahren. Und Kolka? Wohin hatte er den gesteckt? Mitgenommen? Allein gelassen? Und wenn er aufwachen würde?

Marianna ging aus der Kabine. Die Frau hinter dem Fensterchen stempelte weiter ihre Umschläge. Alles in allem waren drei Minuten verstrichen. Nichts hatte sich geändert in diesen drei Minuten: Die Straßen kreuzten sich genau wie vorher, vor dem Telegrafenamt. Eine direkt vor dem Gebäude, eine etwas weiter weg. Menschen gingen vorbei. Häuser standen am Straßenrand. Bei Nina war die Hochzeitsfeier in vollem Gange.

Marianna kam es vor, als sei sie ein Fisch im Aquarium. Zwischen ihr und der restlichen Welt war eine Wand aus Wasser und Glas. Hinter dem Glas waren Menschen, sie war ein Fisch.

Marianna tat einen Schritt. Noch einen. Sie mußte gehen. Und sie ging auch. Und kam am richtigen Ort an. Die Hochzeit. Man aß und trank. Ein paar Gäste tanzten im anderen Zimmer. Sie stampften rhythmisch auf dem Boden auf.

Niemand hatte Mariannas Abwesenheit bemerkt. Sie ging in die Küche und fing an, Geschirr zu spülen. Die Teller waren übereinandergestapelt, wie es gerade gekommen war. Man mußte sie von den Essensresten befreien und sortieren: die großen zu den großen, die mittleren zu den mittleren.

Nina kam in die Küche und sagte: »Ach, laß doch, morgen spülen wir alles zusammen.« Sie setzte sich auf einen Stuhl. »Hast du gemerkt, daß er nicht einen Schluck getrunken hat?... Auf der eigenen Hochzeit... Nicht einmal das Glas hat er erhoben.«

Nina erwartete eine Reaktion. Marianna schwieg. Dann hob sie den Kopf und fragte: »Wann hat der Krieg mit Afghanistan begonnen?«

»Ich glaube, 1976... Das mußt du Mischa fragen. Er weiß so was. Wieso?«

Mariannas Gesicht war angespannt wie das einer Taubstummen.

Im Jahre sechsundsiebzig. Jetzt war 1992... Seit sechzehn Jahren hatte er eine andere. Sechzehn Jahre – ein ganzes Leben. Und sie hatte nichts davon bemerkt. Sie hatten miteinander geschlafen. Hatten Kolka gezeugt. Also schlief er mit zwei Frauen. Bei der anderen hatte er guten Sex als Selbstzweck. Dort liebte er. Und sie – bedauerte er nur.

Das Flugzeug war in den Dreck gestürzt. Von sehr hoch oben. Alles, was darin gewesen war, war zerschellt. Es tat sehr weh. Am besten wäre es, jemand würde sie erschießen. Mischa hatte sicher eine Pistole. Aber warum jemanden anderen mit hineinziehen? Sie konnte alles selbst regeln. Auf die Straße laufen und sich unter ein Auto werfen. Und Schluß. Ein Unglücksfall. Keinerlei Nachforschungen. Niemand wäre schuld. Allerdings hätte Nina noch eine Sorge mehr. Einen Sarg bestellen. Sargträger organisieren. Aber einen, der schwer tragen konnte, hatte sie ja schon.

Auf einem Teller lag ein Stück Schinken. Unberührt. Wegwerfen? Oder konnte es morgen jemand aufessen? Der Möbelpacker würde es schon verputzen.

Kolka schlief jetzt in seinen Lappen wie ein Waisenkind. Wer wollte ihn schon? Wer würde ihm die Riemen festschnallen, die Schnüre binden? Kolka war acht. Also war er genau in der Mitte der Affäre geboren worden. Also hatte Arkadij die Afghanin betrogen, als er Kolka gezeugt hatte. Sie würde Kolka in ihrem Heim nicht ertragen. Sie würden ihn in ein Internat stecken. Dort würde man ihn schlagen und ihm sein Essen wegnehmen. Er würde stehlen lernen und den Kopf zwischen die Schultern einziehen in Erwartung eines Schlages. Nein! Dem würde sie ihren Sohn nie aussetzen. Aber in der Scheiße leben wollte sie auch nicht. Sie würde Arkadij wegjagen wie einen Hund. Er sollte aus ihrem sauberen Heim verschwinden, sollte er doch in Hauseingängen herumlungern. Und übrigens mußte diese Afghanin ja irgendwo wohnen... Sie hatte doch Platz. Sollte sie ihn doch zu sich nehmen und guten Sex mit ihm haben: morgens, mittags, abends und nachts. Ungehemmt.

Die großen Teller hatte sie fertiggespült. Jetzt kamen die mittleren dran. Das Service war hübsch: weiß mit blau. Sah aus wie englisch. War aber ein tschechisches.

Arkadij würde seinen Koffer packen und gehen. Seinen Koffer und die Ikonen. Mehr würde sie ihm nicht geben. Er würde von sich aus nichts mitnehmen. Aber wovon würde sie leben? Sie hatte keinerlei Berufsausbildung. Sie könnte vielleicht in einem kleinen Betrieb als Sekretärin arbeiten. Kolka würde in die Kindertagesstätte gehen. Den ganzen Tag ohne Aufsicht. Er würde sich in ein Straßenkind verwandeln. Würde Mutterflüche lernen.

Arkadij würde ihr natürlich etwas Geld geben. Er würde sie beide schon nicht umkommen lassen. Aber das würde davon abhängen, wie sie sich trennen würden. Mit welchen Worten sie ihn wegjagen würde. Also mußte sie die Worte gut überlegen.

Vielleicht müßte sie sie gar nicht überlegen. Schließlich wußte sie ja nicht, wie er und die Afghanin heute übereingekommen waren. Vielleicht wollte die Afghanin ein anderes Leben anfangen, wollte vielleicht Kinder.

Er würde sie morgens am Bahnhof abholen und ihr alles sagen. Es aussprechen. Sie würde nur reagieren.

»Ich weiß es.«

»Woher?« würde er verwundert sagen.

»Ich hab's am Telefon gehört.«

Er würde überlegen und dann sagen:

»Um so besser.«

Dann würde er packen und weggehen. Er würde aus dem Haus gehen und mit ihm die Wärme. Wozu dann dieses Heim? Nur um zu leben und jeden Tag zu leiden.

Ein Teller fiel ihr aus der Hand und zersplitterte. Verdammt! Ein Teller aus dem Service. Marianna sammelte die Stücke auf und warf sie in den Abfalleimer.

»Die Ausbeutung des Menschen durch den Menschen ist im Jahre siebzehn abgeschafft worden. Ich bitte dich, laß alles stehen und liegen und setz dich wieder an den Tisch.«

Marianna kehrte ins Wohnzimmer zurück. Es war für den Tee gedeckt.

Oh, diese schrecklichen sowjetischen Torten mit der schweren fetten Buttercreme! Wie kann man so was zum Dessert essen? Aber anscheinend kann man. Man aß es und war trotzdem gesund. Und glücklich. Ninas Mann war ohne besondere Begabungen. Ein unkomplizierter Mensch. Aber dafür gehörte er ganz ihr. Und der Möbelpacker würde genauso ein Ehemann sein. Ohne Phantasie. Die Phantasien gehen nach beiden Richtungen: ins Plus wie ins Minus. Führten zu schöpferischer Arbeit, aber auch zum Verrat.

Marianna aß ein Stück Torte. Wie alle anderen. Sie hatte geglaubt, daß sie auf einer anderen, einer höheren Plattform existierte. Aber, sieh an: Die Plattform hatte ein großes Loch, und nun rutschte sie in dieses Loch mitsamt ihren Möbeln und dem japanischen Kühlschrank mit den schönen Lebensmitteln. So mußte es wohl bei einem Erdbeben sein, in den wenigen Sekunden, da alles schwankt, kippt, zerfällt und im Erdboden versinkt. Auch Kolka würde ausrutschen, sich an etwas festhalten und mit seiner durchdringenden Stimme um Hilfe schreien.

Marianna aß Torte. Torte auf die Nacht. Ein Kilo mehr. Was machte das schon? Wer wollte schon ihre gute Figur? Arkadij war sie gleichgültig. Und ihr selbst war sie auch egal. Ihr Leben war zu Ende.

Erschießen würde sie sich nicht. Und sie würde sich auch nicht unter ein Auto werfen. Was für eine Geschmacklosigkeit... Sie würde Tag um Tag leben. Und den ganzen Weg gehen. Man sagt, daß Gott Selbstmörder nicht mag. Und wenn man vor der einem bestimmten Frist bei ihm erschiene, würde er einen nicht empfangen. Wie ein Chef. Und man müßte bis zur genannten Stunde im Vorzimmer herumhocken. War es da nicht egal, wo man seine Frist abwartet, DORT oder hier?

Arkadij stand auf dem Bahnsteig und sah aus wie immer. Er umarmte Marianna, küßte sie. Seine Lippen waren groß und warm, wie die Nüstern eines Pferdes.

›Gleich sagt er es‹, dachte Marianna. Aber Arkadij schwieg. Er hielt einen Gepäckträger an. Stellte den Koffer auf den Karren. Er trug nicht gern schwere Sachen.

»Na, wie war's?« fragte Arkadij.

In Marianna wollte es schreien: ›Ich weiß alles!‹ Aber sie fragte nur: »Und wie war's bei dir?«

»Wie immer«, sagte Arkadij.

Das war die Wahrheit. Wie immer: die Arbeit, die Werkstatt, die Afghanin. Oder eine andere Reihenfolge:

die Arbeit, die Afghanin, die Werkstatt. Und vielleicht hatten sie ihre Rendezvous in der Werkstatt, zwischen den Gesichtern der Heiligen. Wie glücklich und unglücklich zugleich sie waren.

»Was hast du?« fragte Arkadij. »Bist du müde?«

Marianna antwortete nicht. Was hätte sie auch antworten sollen? War sie müde? Sie war tot. Gestorben. Hatte ihr Leben abgeschlossen. Jetzt wartete sie nur ihre Frist ab.

Der Gepäckträger schob den Wagen geschickt durchs Gewühl. Man mußte sich beeilen.

Arkadij lud den Koffer ins Auto. Es war bequem. Jemand nimmt deinen Koffer und lädt ihn um.

Das Auto fuhr los. Vor den Fenstern lag das schmutzige Moskau. Wieso war es eigentlich so schmutzig? Wurden die Straßen nicht gereinigt?

Arkadij saß mit undurchdringlichem Gesicht da, wie die Sphinx. Sie hätte gern gefragt: ›Was hast du beschlossen?‹

Aber sie hatte schreckliche Angst zu fragen. Fragen hieß wissen. Und wissen hieß, die Situation mit dem Skalpell aufzuschneiden, wie einen lebendigen Menschen. Dann müßte man schnellstens etwas tun: entweder zunähen oder beerdigen.

Besser nichts fragen. Im Auto sitzen und Moskau betrachten.

»Hast du dich abgeschuftet?« erriet Arkadij. »Geschirr gespült?« Er bedauerte sie. Sie tat ihm leid. Dann würde er heute nicht weggehen.

Marianna fing gar nicht erst an, den Koffer auszupacken, sie legte sich gleich hin. Sie träumte von einem abstürzenden Flugzeug. Es fiel und fiel, aber es gab keinen Aufprall auf der Erde. Eine Sekunde vor dem Aufprall schreckte Marianna auf, setzte sich im Bett auf und schaute verstört nach allen Seiten. Es kam ihr vor, als sei sie verrückt geworden.

Zwei Stunden später stand sie auf, geisterte in der Wohnung umher. Sie mußte etwas zu essen machen. Sie hatte ein paar Rezepte, nach denen sie oft kochte, die gingen schnell und waren unkompliziert.

Im Flur stand ein antiker Spiegel, Stil ›Psyche‹. In diesem ›Psyche‹-Spiegel erblickte Marianna ihr Gesicht: matt, bleich, oval.

›Ein Tierchen‹, dachte Marianna. ›Sogar ohne Pantoffeln. Der allereinfachste Mechanismus. Was kann so eine ihrem Mann schon bieten, außer einem warmen Essen und einer Portion Ergebenheit?‹

Die andere, die nährte seine Phantasie, machte das Leben zum Fest. Ihre Seelen nahmen sich wie zwei Kinder auf einer Osterpostkarte an der Hand und flogen zu einer Wolke hinauf. Dort saßen sie und ließen die Füße baumeln. Und was war sie? Ein Mehlsack auf zwei Beinen. Da versuch mal zu fliegen!

Der Schlüssel drehte sich im Schloß. Marianna kam es vor, als schlösse er ihr Herz wieder auf, ein so freudiger Schreck durchzuckte sie.

Sie war zu allem bereit. Sollte er doch zu der anderen gehen. Wenn er nur zurückkäme und hier lebte. Sie würde nichts zu ihm sagen. *Nichts.* Sie würde so tun, als ob sie nichts wüßte. Das Pantoffeltierchen würde den tödlichen Wettkampf mit der anderen aufnehmen, mit dieser ach so klugen und ach so gebildeten. Und ihre Waffe würde das *Heim* sein. Genau wie früher. Nur würde sie noch besser kochen, noch sorgfältiger putzen. Sie würde noch hilfloser, noch abhängiger noch pantoffeltierchenartiger sein.

Marianna setzte ihrem Mann still einen Teller vor. Sie selbst setzte sich ihm gegenüber und sah zu, wie er aß. Wie er aß und Zeitung las. Eine schlechte Angewohnheit. Er verarbeitete gleichzeitig zwei Arten von Nahrung: eine sinnliche und eine intellektuelle.

»Was ist?« fragte Arkadij.

»Nichts. Bald ist Frühling.«

Bald war Frühling. Dann Sommer. Die Zeit würde für Marianna arbeiten.

Arkadij würde zu der Afghanin gehen und sich wie an heißem Wasser an ihren Vorwürfen verbrühen, an ihren Skandalen, an ihrem Sex als Selbstzweck. Und dann käme er nach Hause, und sofort würde er sich erholen. Zu Hause war Ruhe, der Sohn, Ergebenheit, gutes Essen. Und nach einem schweren Arbeitstag würde Arkadij Ruhe wollen und keine Vorwürfe. Die Beziehungen würden sich allmählich festfahren, wie ein Laster, der in den Dreck geraten ist und dessen Räder durchdrehen. Die Afghanin würde seine Eifersucht anstacheln wollen, würde einen anderen Afghanen ins Spiel bringen. Und das würde Arkadij nicht ertragen. Marianna hatte ihn an Reinheit und Ergebenheit gewöhnt. Er würde das wollen, woran er gewöhnt war. Und eines schönen Tages würde sich alles in Nichts auflösen wie eine Wolke am Himmel. Hatte es das überhaupt gegeben ...? Die Afghanin würde ihre Fahnen einholen, Arkadij würde salutieren.

Die Afghanin würde etwas Rouge auflegen, ihren Intellekt schärfen und sich in eine neue Schlacht stürzen, einen anderen mit ihren Talenten verblüffen. Aber die Zeit wäre verloren. Und Kinder hätte sie nicht. Und das hieß, sie würde auch keine mehr haben. Vor ihr lägen nur die Epauletten für ihre Hirngespinste, ihre Falten, ihre Erschöpfung. Epauletten – Müdigkeit – Leere. Und am Ende: ein Alter in Einsamkeit und Krankheit. Und wofür? Dafür, daß sie geglaubt hatte und geliebt? Dafür, daß sie die Hand nach Fremdem ausgestreckt hatte. Genau dafür. Sie hatte jemandem anderen Kummer bereiten wollen. Aber den Kummer hatte sie nun in ihrer eigenen Tasche. Und sie, Marianna, hätte nichts damit zu tun. Sie hätte davon nicht einmal etwas gewußt.

»Wieso bist du so komisch?« sagte Arkadij wieder.

»Wie, komisch?«

»Na, so verdreht.«

Er hatte es bemerkt. Er beachtete sie.

Man sagt, daß ein Opfer zuweilen etwas Ähnliches wie Liebe gegenüber seinem Schlächter empfindet. Und während es das Messer in seinem Leib fühlt, sieht es ihm in die Augen und sagt: Bitte schön...

Und dann kam das Gedicht von einem Bett. Und eine Nacht, wie ein Krieg, in dem Marianna sich für ihr Heim schlug, wie ein Soldat.

Und sogar im Traum, als sie sich von ihrem Mann entfernte und in ihre eigenen Träume begab, hielt sie ihn weiter an dem herausragenden Körperteil, den sie als ihr gehörend ansah. Und Arkadij rückte nicht weg. Offenbar wollte er gehalten werden.

Morgens brachte Marianna Kolka in die Schule. Er ging schlurfend neben ihr her. Er hatte Stiefel zum Reinwachsen an. Marianna betrachtete ihren Sohn von der Seite: Als wenn der Herrgott selbst den Pinsel genommen hätte, um dieses Profil zu zeichnen. Eine einzige Bewegung, und alles war gelungen. Ohne Korrekturen. Die Natur hatte sich nicht umsonst mit dem Kind für Marianna Zeit gelassen. Sie hatte abgewartet und genau dieses vorbereitet.

Auf dem Rückweg sah sie bei Tamara herein. Sie tranken Kaffee. Tamara ähnelte wie immer einem doppelten Heizkörper, allerdings diesmal einem abgeschalteten. Sie war breit und kühl. Irgend etwas quälte sie.

Tamara rauchte mit tiefen Zügen, verstreute Asche ringsumher.

»Er hat vier Kinder. Kannst du dir das vorstellen?« teilte sie mit. »Die Muslime machen keine Abtreibungen. Allah erlaubt es ihnen nicht.«

»Ich hätte auch vier geboren«, sagte Marianna gedankenverloren. »Es ist schön, wenn ein kleines Kind im Haus ist.«

»Seine Frau putzt den Kindern von morgens bis abends den Hintern ab. Und das zwanzig Jahre lang: gebären, stillen, den Hintern abputzen. Dann die Enkel. Wieder alles von vorn. Über was kann man mit so einer Frau reden?«

»Genau darüber«, sagte Marianna.

»Sie lebt wie ...« Tamara tat einen Zug und suchte nach Worten.

»Wie ein Pantoffeltierchen«, sagte Marianna.

»Genau!« Tamara drückte voller Haß die Zigarette auf

der Untertasse aus. »Wir Fackeln verbrennen zum Schluß. Aber sie, diese Pantoffeltierchen, leben ewig, schon seit Urzeiten. Die Erde war gerade entstanden, die Ozeane glänzten auf ihr, da schaukelte die Amöbe schon auf den Wellen. Und bis heute sieht sie genau gleich aus. Nichts verändert sie: weder Überschwemmungen noch radioaktive Strahlen.«

»Toll!« fiel Marianna ein.

»Toll? Wer ist toll?« fragte Tamara verständnislos.

»Die Pantoffeltierchen natürlich, wer denn sonst... Also, ich geh jetzt...«

»Warte!« bat Tamara. »Ich erzähle dir das Allerinteressanteste.«

»Das hast du schon erzählt«, sagte Marianna und stand auf.

»Nein, das nicht... Gestern sind wir aus dem Auto ausgestiegen. Der Mond schwamm hoch über uns... und der Schnee leuchtete durch sein eigenes Weiß. Kannst du dir das vorstellen?«

Tamaras Gesicht wurde träumerisch. Sie wurde zusehends schöner: Die Dampfheizung verwandelte sich in ein Musikinstrument, ein auseinandergezogenes Akkordeon, aus dem die ewige Musik des Herzens erklang.

»Der Schnee leuchtet durch den Mond«, verbesserte Marianna.

»Nein. Durch seine eigene Leuchtkraft. Auch der Schnee ist glücklich.«

Sentimentale Reise

»Also lassen Sie sich bloß nicht einfallen, sich herauszuputzen und auf hohen Absätzen herumzustaksen«, warnte die dicke Tante angeekelt; sie war die Instrukteurin des Kreiskomitees. »Dort wird Sie sowieso niemand beachten, niemand braucht Sie dort.«

Die Gruppe der Künstlerinnen und Künstler fixierte die Tante mit einer gewissen Schüchternheit.

Dort – das war Italien. Die Künstlerinnen und Künstler bereiteten sich auf eine Touristenreise nach Italien vor. Das Parteikomitee verteilte via Instrukteurin gute Ratschläge, obwohl es logischer gewesen wäre, Devisen zu verteilen.

Man schrieb das Jahr 1977 – die Blüte der Stagnationszeit. Der Reisegutschein nach Italien kostete siebenhundert Rubel, was seinerzeit sehr viel Geld war.

»Nehmen Sie sich bequeme Sportschuhe mit. Sie müssen viel zu Fuß gehen. Wenn Sie keine Sportschuhe haben, nehmen Sie einfach Hausschuhe mit. Haben Sie mich verstanden?«

Ljowa Kaminskij, Jude und Bigamist, nickte bereitwillig. Bitteschön, verstanden. Offensichtlich war er es gewohnt, sich vor seinen beiden Frauen schuldig zu fühlen, und dieses andauernde Schuldgefühl hatte sich zu einem Charakterzug verfestigt.

Auch die Romanowa nickte, denn die Tante sah geradewegs sie an. Sie sah sie mit Mißbilligung an. Die Romanowa war ziemlich jung und besprühte sich mit französischem Parfüm. Sie besprühte sich kräftig damit, sollten es nur alle riechen und herbeifliegen wie die Bienen zu einer Blume. Die Romanowa war verheiratet und hatte eine fünfzehnjährige Tochter. Aber sie parfümierte sich trotzdem und sah hoffnungsvoll in die Zukunft. Vielleicht würde jemand auf sie fliegen, der mehr Aufmerksamkeit verdient hätte als ihr Mann. Und dann könnte man noch mal von vorn beginnen. Die alte Liebe wie ein altes Kleid abwerfen – und wieder ganz von vorn anfangen.

Den Familiennamen Romanow hatte sie von ihrem Vater geerbt*, und der Vater hatte ihn von seinem Vater geerbt und so immer weiter, bis in die graue Vorzeit. Es war der Name ihrer Familie, die zur Zarendynastie keinerlei Beziehung hatte. Der Urgroßvater Stepan Romanow war Kutschenbauer gewesen. Immerhin hat eine Kutsche ja was mit den höheren Gesellschaftskreisen zu tun, deshalb antwortete die Romanowa auf die Frage, ob sie nicht mit dem letzten Zaren verwandt sei, immer mit einer unbestimmten Miene. Sie verneinte es nicht, aber sie bestätigte es auch nicht: Alles war möglich, alles konnte sein ... Eine neue Liebe und adelige Wurzeln – und sogar eine Reise nach Italien.

»Überhaupt, Italien – das ist etwas Besonderes«, sagte

* In Rußland kann bei der Eheschließung entweder jeder seinen Familiennamen behalten, oder die Eheleute können einen der beiden Familiennamen als gemeinsamen wählen.

die Instrukteurin. »Dort kann man keinen Tunnel für die Untergrundbahn graben, ohne auf eine archäologisch bedeutsame Schicht zu stoßen.«

»Dort gibt es keine U-Bahn?« wunderte sich der Kunsthistoriker Bogdanow. »Soviel ich weiß, gibt es in Italien U-Bahnen.«

Bogdanow war enzyklopädisch gebildet, er wußte alles auf der Welt. Später stellte sich heraus, daß er mehr wußte als die italienischen Fremdenführer, und er war bestrebt, dies auch zu zeigen: Er unterbrach immer und erzählte, wie es wirklich war. Schließlich begriffen die sowjetischen Touristen, daß man ihnen billige Fremdenführer untergeschoben hatte, Ignoranten und Abenteurer. Die Hotels, in denen man sie unterbrachte, waren auch die allerbilligsten. Und kaufen konnten sie sich für ihre Devisen lediglich ein Paar Jeans und ein paar Flaschen Mineralwasser.

Aber das kam später. Jetzt saßen alle da und hörten der Tante zu, die wohlwollend praktische Ratschläge erteilte, aber dabei mit ihnen redete wie die Baronin mit der Köchin, wenn sie sie eines Diebstahls verdächtigt. Ihre Intonation verriet Mißtrauen und Widerwillen.

Die Romanowa sah ausdrucksvoll auf den ihr gegenübersitzenden Menschen, als wolle sie mit den Augen bedeuten, daß sie diesen Ton nicht hinnahm, aber jetzt nicht streiten wollte.

Der ihr Gegenübersitzende sah seinerseits auf die Romanowa, fing ihren Blick sozusagen auf, und die Romanowa vergaß die Tante. Der ihr Gegenübersitzende faszinierte sie. Er hatte um die zwanzig Kilo Untergewicht. Er war nicht einfach dünn, sondern ausgedörrt wie nach einer

Krankheit. Seine Haare hatten die Farbe von Sand, dunkler als Weizen. Blond im Übergang zu braun. Sand nach dem Regen.

Die Romanowa mochte die Farbe Schwarz nicht, und als Künstlerin benutzte sie sie selten. Schwarz – das ist das Fehlen von Licht. Die Nacht. Der Tod. Und Sand hat eine Vielzahl von Farbtönen: von Ocker bis fast Weiß. Genau in diesen Farben flossen seine Haare über den Kopf. Seine Augen waren dunkelblau und irgendwie merkwürdig. Genau solche Augen zeichnete die Romanowa ihren Figuren, wenn sie ihre Kinderbücher illustrierte. Ihre Jungen, Mädchen und Hirsche hatten diese übertrieben runden Augen.

Er hatte einen kurzen Bart, etwas heller als die Haare. Sand an der Sonne.

›Wie ein Held von Dostojewskij‹, dachte die Romanowa. ›Raskolnikow, der zuerst tötet und sich dann quält. Es treibt ihn immerfort um. Ruhig leben, ohne zu töten und ohne sich zu quälen, das ist nichts für ihn.‹

Die Tante hatte unterdessen ihre Geleitworte abgeschlossen. Sie verkündete völlig friedfertig, daß die Touristen in Doppelzimmern untergebracht würden: immer je zwei Frauen und zwei Männer zusammen. Seinen Partner konnte man nach eigenem Gutdünken auswählen.

»Das zwingen wir Ihnen nicht auf«, endete die Instrukteurin des Kreiskomitees gutmütig.

»Danke«, sagte der Bigamist gefällig.

Bogdanow sagte skeptisch »hmhm«. Wachsam beäugte die Tante Bogdanow.

Die Romanowa sah sich um. Mit wem wollte sie das

Zimmer teilen? Sie kannte die meisten Frauen nicht, es waren hauptsächlich Mitarbeiterinnen eines Museums.

Eine, eine grelle Blondine, war die Frau eines großen schlechten Künstlers. Und dann die Karikaturistin Nadja Kostina – über die sagten alle, daß sie lesbisch sei. Im Moskau der siebziger Jahre war das eine große Seltenheit und sogar exotisch. Die Romanowa zog es vor, sich zu diesem Gerücht in keiner Weise zu verhalten. Jeder paart sich, wie er will. Was müssen denn die anderen ihren Senf dazugeben? Außerdem war die Kostina eine hervorragende Karikaturistin, sie hatte ein seltenes, ganz spezielles Talent. Vielleicht war das eine auf geheime Weise mit dem anderen verbunden und nannte sich ›Pathologie der Begabung‹, sofern man das Lesbischsein überhaupt als pathologisch ansah, und nicht als normal.

Aber vielleicht war dieses Gerede sowieso nur Intrige. Intrigen ersetzen den Leuten das Schaffen, wenn sie nicht schöpferisch sind. Wenn ihr Leben leer ist. In einem leeren Leben ist auch eine Schlägerei ein Ereignis. Auf einem leeren Gesicht ist auch ein Kratzer ein Schmuck. Die Durchschnittsmenschen mögen es nicht, daß andere über sie hinausragen und versuchen, sie zu erniedrigen, sie auf ihr Niveau herabzuziehen. Es war also gut möglich, daß Nadja Kostina ein Opfer des menschlichen Neides war.

Alle erhoben sich von den Stühlen. Die Kostina ging zur Romanowa und fragte elegant: »Stört dich Zigarettenrauch?«

»Nein«, sagte die Romanowa verstört.

»Dann nehmen wir zusammen ein Zimmer? Du hast doch nichts dagegen, oder?«

Sie mußte schnell antworten. Die Romanowa fürchtete, daß Nadja ihr Zögern bemerken könnte.

»Nein, nein...«

»Hm, was für ein Parfüm...« Nadja hielt elegant die Zigarette weiter weg.

Ihre Worte und Gesten waren elegant, aber an Gesicht und Kleidung glich sie einem jungen Vagabunden. Irgendwelche Hosen, die wie ein Sack herunterhingen, ein Jakkett, das sie über einem Männerunterhemd trug. Ein Käppi. Eine Zigarette. Wenn man sie nicht ansah, und ihr nur zuhörte und ihre Arbeiten ansah...

Aber sie mußte sie ansehen und sogar mit ihr in einem Zimmer schlafen.

Nach der Versammlung fuhr die Romanowa im Taxi nach Hause. Sie bemerkte, daß es in ihr immer noch rumorte: Sie schalt sich dafür, daß sie nicht gleich nein gesagt hatte. Ablehnen muß man sofort, klipp und klar. Dann ist es keine Beleidigung. Aber die Romanowa konnte nicht nein sagen. In ihrem Charakter fehlte dieser für das Leben unumgängliche Zug. Und das nutzten alle aus. Aber auch sie, das mußte man sagen, nutzte es voll aus, wenn jemand weich und gütig war. Und es gab viel davon, von der menschlichen Güte. Die Menschen bemerken nur das Böse mehr, und das Gute nehmen sie als selbstverständlich hin. Wie die Sonne am Himmel. Das Gute ist in der Natur selbst angelegt und in ihr eingeschlossen. Die Sonne scheint, und unter der Sonne reift eine Gurke im Beet. Der Mensch ißt sie. Dann wird er selbst zu Erde, und auf ihm reifen wieder Gurken.

Und keiner sagt keinem ›danke‹. Die Gurke sagt nicht

›danke‹ zur Sonne, und der Mensch dankt der Gurke nicht. Die Erde sagt dem Menschen nicht ›danke‹, wenn sie ihn zu sich nimmt. Alles ist ganz selbstverständlich.

Die Sonne scheint, weil das nötig ist. Für die Erde beispielsweise. Für sich selbst würde die Sonne nicht scheinen. Es ist langweilig, nur für sich zu scheinen. Und auch die Romanowa würde für sich allein nichts zeichnen. Sie illustrierte Kinderbücher, weil die Kinder sie brauchten.

Mit diesen und anderen Überlegungen verbrachte die Romanowa den Tag bis zum Abend, und dabei brachte sie es gleichzeitig fertig, im Haushalt herumzuwirtschaften, Reisevorbereitungen zu treffen und Telefonanrufe zu beantworten.

Am Abend rief der Kinderschriftsteller Schurka Solowej an und bat sie, einen Moment herunterzukommen.

Die Romanowa hatte einmal eines von Schurkas Büchern illustriert und einmal mit ihm geschlafen. Aus lauter Langeweile. Schurka eignete sich nicht als Ehemann. Und als Liebhaber eignete er sich auch nicht. Wieso? Ach, der Teufel weiß, warum.

Es war nur eine einzige Nacht gewesen, aber sie erinnerten sich beide daran. Schurka hatte viel geredet, hatte seine ganze Kindheit erzählt, stülpte seine Seele nach außen wie eine Hosentasche. Und sie besahen sich zusammen den Inhalt, räumten auf, legten das Überflüssige beiseite. Manches warfen sie ganz weg. Sie fegten aus, putzten Schurkas Seele, sie führten ein Großreinemachen durch.

Und am Morgen kam das Leben wieder aus allen Ecken. Es war eine Nacht, an die man sich erinnert. Dorthin konnte man, wie zu einer Quelle, durch frisches Wasser waten. Du schöpfst Erinnerungen, wäschst dich – und weiter geht's.

Schurka rief also am Abend an und sagte: »Komm runter.«

Die Romanowa ging hinunter. Schurka saß im Auto. In seinem alten Moskwitsch.

Die Romanowa setzte sich neben ihn. Im Auto war es unordentlich, es lagen Eisenstücke, Büchsen und Lappen herum. Das hier war Auto und Autowerkstatt in einem.

»Ich habe von einer Reise noch achttausend Lire übrig«, sagte Schurka. »Das sind nur ein paar Kopeken. Damit allein kann man gar nichts anfangen. Aber wenn du's mit deinen zusammenlegst, kannst du dafür noch was kaufen.« Schurka zog ein paar zusammengelegte Scheine aus der Tasche und streckte sie ihr hin.

»Danke«, sagte die Romanowa gerührt.

»Du darfst sie bloß nicht verstecken. Laß dir nicht einfallen, sie in den BH zu stecken. Trag sie lose mit herum. In der Manteltasche.«

»Wieso sollte ich sie verstecken?« wunderte sich die Romanowa.

»Das Mitnehmen von Devisen ist verboten.«

»Aber du sagst doch, daß es bloß den Wert von ein paar Kopeken hat.«

»Das ist egal. Devisen sind Devisen. Acht Jahre Gefängnis.«

Die Romanowa überlegte: Einerseits war es schade, auf das Geld zu verzichten, aber andererseits wollte sie nicht ins Gefängnis.

»Ach, hab keine Angst«, beruhigte sie Schurka. »Wenn man dich fragt, woher du's hast, sagst du: ›Schurka hat's mir gegeben.‹ Du nennst ihnen meinen Familiennamen.«

»Und du fürchtest dich nicht?«

»Nein. Ich hab keine Angst.«

»Wieso?«

»Keine Ahnung. Ich bin zu faul, um Angst zu haben. Auf die Angst muß man Kräfte verwenden, und ich bin ein fauler Mensch.«

Schurka schwieg düster. Entweder er verurteilte sich wegen der Faulheit, oder er sehnte sich nach der Romanowa, nach dieser Nacht, als er in bester Form seines Selbstausdruckes war. Wie gut und klug er gesprochen hatte, wie unermüdlich und glücklich er sie gestreichelt hatte. Später war ihm das mit niemandem mehr so geglückt. Immer wollte eines von beiden nicht recht klappen: entweder das Reden oder das Streicheln.

Im Auto entstand eine Stille. Aber keine angespannte, so wie wenn man nichts zu sagen weiß. Es war eine erfüllte Stille, als wenn viele Worte unbeweglich in der Luft hängen.

Es dämmerte. Den Pfad entlang zum Wohnblock kamen ein Junge und ein Mädchen, beide im Teenageralter und hochaufgeschossen wie junge Triebe. Beide schritten feierlich nebeneinander her, als ob sie Wasserkrüge auf den Köpfen trügen. Sie fürchteten, das Vorgefühl der Liebe zu verschütten.

Die Romanowa sah genauer hin und erkannte ihre Tochter Nina. Sie sprang aus dem Auto und rief:

»Nina! Ich bringe dir Jeans mit! Wenn du heimkommst,

nimm das Maßband: Miß die Taille, die Hüfte und den Abstand zwischen Bauchnabel und dem Ende des Bauches. Hast du verstanden?«

Nina blieb stehen und erstarrte. Sie hatte Angst, näherzukommen und an der Mutter vorbeizugehen.

Schurka faßte die Romanowa an der Hand und zog sie ins Innere des Autos zurück.

»Hättest du ihr das nicht zu Hause sagen können?« fragte Schurka vorwurfsvoll.

»Doch. Aber das wäre eben nicht ich.«

Und das stimmte.

Die Romanowa hatte im Leben schon viele Fehler gemacht, weil sie nicht abwarten und etwas aushalten konnte. Und wenn man es genauer betrachtete, war ihr ganzes Leben ein einziger großer Fehler, wenn man einmal von ihrer Tochter und ihrem Beruf absah. Und was blieb dann noch? Oder besser gesagt, wer?

Das Flugzeug ging um sieben Uhr morgens. Man mußte zwei Stunden früher am Flughafen sein, also um fünf.

Wenn man schlafen will, will man nichts anderes mehr. Die Natur verfolgt stur ihre Interessen und rächt sich sofort für nicht ausreichenden Schlaf.

Sie gaben das Gepäck auf. In diesem Moment kam etwas Leben in die Gesellschaft. Eine alte Frau, eine Tierzeichnerin, hatte ihren Paß verloren und begann ihn zu suchen.

Es sah so aus, als ob sie das Dokument zu Hause vergessen hatte, ihre Reise war in Gefahr. Die Paßbeamten würden ihr nicht einfach glauben. Das war schließlich die Landesgrenze. Und wer könnte dafür bürgen, daß die alte

Frau nicht ein Mitglied der Dissidentenbewegung war. Sicher war diese Alte eine Frau ›von früher‹. Woher sollte sie wohl sonst diese aristokratische Art herhaben, mit siebzig noch herumzureisen? Mit siebzig saß man zu Hause und hütete seine Enkel oder sogar die Urenkel.

Die alte Frau – sie hieß Jekaterina Wassiljewna – war dem Herzschlag nahe. Der Bigamist Ljowa Kaminskij nahm die Handtasche von Jekaterina Wassiljewna und leerte sie auf den Boden, mitten auf den Kachelboden des Flughafens. Ein Lippenstift rollte davon, ein Haarkamm, ein zerknittertes Taschentuch, Kleingeld, Streichhölzer, Machorka, der aus den Zigaretten herausgerieselt war, all das rutschte heraus, und dazwischen ein dünnes Büchlein – der Paß.

Alles atmete erleichtert auf. Ljowa Kaminskij hob den Paß auf und übergab ihn selbst dem Zöllner. Der alten Frau traute er besser nicht mehr. Jekaterina Wassiljewna räumte ihr Hab und Gut in die Handtasche zurück: die Münzen, den Lippenstift – alles in umgekehrter Reihenfolge. In ihr kochte und brodelte alles wie in einem gerade abgeschalteten Teekessel. Es ist schon kein Feuer mehr da, aber in ihm blubbert es noch und kühlt nicht so schnell ab.

Die Romanowa hatte festgestellt, daß im Moment der Suche nach dem Paß die Gesichter der Touristen ganz verschieden waren: Einige drückten Beunruhigung aus, andere Gleichgültigkeit (wie es kommt – so kommt's eben), die dritten waren verschlossen. Auf den verschlossenen Gesichtern konnte man lesen: ›Jedem das Seine.‹

Raskolnikow sah vor sich hin, und es war, als ob er

nicht anwesend sei. Vielleicht schlief er im Stehen. Wie ein Pferd.

Der große herausgeputzte Georgier mit dem Namen Lascha dagegen war überhaupt nicht müde. Er war feierlich aufgeregt wegen der bevorstehenden Reise. Lascha war in einem Dorf bei Suchumi geboren, in einer armen Familie. Sein Vater war aus dem Krieg ohne Beine heimgekehrt. Seine ganze Kindheit hatte er neben einem Invaliden zugebracht, in Armut und mit Minderwertigkeitsgefühlen. In Lascha reifte ein Traum heran: sich unter bedeutenden Leuten zu bewegen, einen guten Posten zu bekommen und mit anderen hochgestellten Persönlichkeiten durch die Welt zu reisen. Alles war in Erfüllung gegangen. Lascha wohnte in Moskau, mitten im Zentrum, besetzte den Posten eines mittleren Leiters im Verband der Bildenden Künstler. Und jetzt fuhr er nach Italien mit Künstlern und Kunsthistorikern. Es hatte sich alles erfüllt, wovon er geträumt hatte, und sogar ein bißchen mehr.

Lascha sah die Romanowa an. Sie war die attraktivste von den anwesenden Frauen, die Alte und die Lesbierin nicht gerechnet. Die Frau des Großen Künstlers, die neben ihm stand, kam auch nicht in Frage, denn ein Anschlag auf die Ehefrau – ist eine klare Attacke gegen einen Vorgesetzten. Die anderen Frauen waren anständig, und daher fad.

Lascha war gerade geschieden und suchte eine neue Lebensgefährtin. Die Romanowa hätte seine Gefährtin für die Zeit der Reise werden können. Lascha hatte schon lange gemerkt, daß diese Klugen mit Brille im Bett die phantasievollsten waren. Lascha bemühte sich, in ihre Nähe zu kommen, und schaute sie interessiert an.

Die Romanowa bemerkte sein Interesse schnell und beschloß es auszunutzen.

»Sind Sie Georgier?« fragte sie.

»Ja«, sagte Lascha. »Wieso?«

»Dann sind Sie ein Ritter?«

Lascha wurde vorsichtig.

»Nehmen Sie meine Devisen an sich. Es ist nur Kleingeld ...«

Die Romanowa zog die italienischen Lire hervor.

Lascha zog ein beleidigtes Gesicht. Er wollte nichts riskieren. Er konnte nicht nur die Reise verlieren, sondern auch die Arbeit. Und die Freiheit. Und im Gefängnis ist das Essen schlecht, man schläft nicht gut und ist in aufgezwungener Gesellschaft. Im Gefängnis lebt man schlecht und er hatte lange genug schlecht gelebt, und erst seit kurzem ging es ihm besser.

Allerdings war es ihm peinlich abzulehnen, um so mehr als die Romanowa auf seinen Nationalstolz abgezielt hatte. Ein Georgier ist ein Ritter, kein Feigling.

Laschas Gesicht wurde noch beleidigter. Gleich würde er anfangen zu weinen.

»Na gut«, sagte die Romanowa. »Und so was nennt sich Georgier.«

Sie ging weg.

›Ach, hol dich der Teufel‹, dachte Lascha. ›Dann wird sie mich auch nicht ablenken.‹ Lascha war ein Mensch, der sich ganz und gar begeisterte, er hätte sich kopfüber in die Romanowa gestürzt und hätte dort die zehn Tage in ihr gesessen und sonst nichts gesehen. Fuhr man denn dafür so weit weg und zahlte siebenhundert Rubel... Lascha tröstete sich.

Die Romanowa stand verstört da. Jetzt wurden die Handtaschen durchleuchtet, und sie selbst auch. Am liebsten hätte sie die Lire in den Spucknapf geworfen.

Raskolnikow hielt ein dickes Buch mit rötlichem Ledereinband in der Hand.

»Wollen wir uns nicht bekannt machen?« schlug die Romanowa vor. »Ich heiße Katja Romanowa.«

»Ich weiß«, sagte Raskolnikow ruhig.

»Woher?«

»Ich habe einen Sohn. Und der hat Ihr Buch *Es war einmal ein Hund*. Es ist unser Lieblingsbuch.«

»Danke«, sagte die Romanowa ganz in Gedanken. »Würden Sie mir nicht 8000 Lire mit rübernehmen? Ich habe Angst.«

Sie sah geradewegs in die runden Seen seiner Augen und zeigte ihm die zusammengefalteten Scheine.

Raskolnikow nahm sie schweigend und steckte sie in die Innentasche seines Mantels. Alles in allem zwei Handbewegungen. Und fertig war das Gespräch.

Als sie im Flugzeug waren, setzten sie sich nebeneinander. Raskolnikow machte schweigend die zweite Handbewegung: von der Tasche zur Romanowa, mit denselben zusammengefalteten Scheinen.

»Danke«, sagte sie.

»Keine Ursache.«

»Und hatten Sie keine Angst?«

»Vor wem? Vor *denen*?«

Der Blick seiner blauen Augen wurde hart. In früheren Zeiten hätte man ›stählern‹ gesagt. Wenn die Romanowa sich entschieden hätte, diese Augen zu zeichnen, dann hätte sie etwas Schwarz in die blaue Farbe gemischt.

›Komisch‹, dachte die Romanowa. ›Er ist wohl ein bißchen verrückt...‹

Lascha, der war nicht verrückt. Der war ein normaler Sowjetmensch.

Raskolnikow vertiefte sich in sein rötliches Buch.

»Was haben Sie da?« fragte die Romanowa vorsichtig.

»Einen Italienreiseführer.«

»Und wozu? Wir werden doch überall hingefahren und die Führungen sind inklusive.«

»Finden Sie, daß das reicht?«

Raskolnikow sah die Romanowa an, und sie fühlte sich plötzlich unwohl in ihrer Gewöhnlichkeit.

Sie ließ sich in den Sessel zurückfallen und schloß die Augen.

Raskolnikow schlug den Reiseführer auf und war froh, daß ihn niemand störte.

Der erste Eindruck von Italien kam durchs Ohr. Im Flughafen von Mailand rief eine Frau laut: »Giovanni-i! Giovanni-i!«

Das letzte i war einen halben Ton tiefer als das ganze Wort. In der Musik heißt ein Halbton eine kleine Sekunde. Und in Rußland ruft man : »Wasja-ja« und das letzte ja ist zwei Töne tiefer. In der Musik nennt man das eine Terz. Der Unterschied ist eineinhalb Noten. Eine Kleinigkeit...

In Italien ißt man Spaghetti, bei den Russen ißt man

Kartoffeln. Sie haben jeden Tag Spaghetti, wir haben jeden Tag Kartoffeln. Auch eine Kleinigkeit.

Sie haben Lire, wir haben Rubel. Sie haben Kapitalismus, wir haben Sozialismus. Und das ist keine Kleinigkeit.

Russen in Italien. Jeder hatte auf sein Italien hingelebt.

Die alte Frau träumte davon, das Kolosseum zu sehen. Bogdanow wollte in die Uffizien.

Lascha beäugte vorsichtig die Romanowa, als wolle er sich vergewissern, ob seine Chancen sich auf dem neuen Terrain nicht gebessert hätten.

Die Romanowa suchte mit den Augen die Schaufenster ab, denn sie hatte achttausend Lire mehr als die anderen. Und Nadja Kostina, die sich im Flugzeug ausgeschlafen hatte, suchte mit den Augen die Gruppe ab. Ihr gefiel die Frau des Großen Schlechten Künstlers, die grelle Blondine. Die Großen Schlechten Künstler nehmen sich das Beste.

Und außerdem dachte Nadja dauernd an die Wodkaflasche, die sie günstig im Flughafen gekauft hatte. Die Flasche lag auf dem Grund ihrer Handtasche und gab ihrem Leben Sinn wie ein Lebewesen.

Der erste Tag zog sich in die Länge, wohl, weil er schon um vier Uhr morgens begonnen hatte. Von diesem Tag blieb ihr nur der Regen im Gedächtnis, der in Italien im Juni eine Seltenheit ist. Italien befindet sich auf demselben Breitengrad wie unser Moldawien. Und die Sprache ist ähnlich. Alles andere ist anders. Vor allem die Schaufenster.

Die sowjetischen Touristen konnten keinen Schritt tun, ohne zu erstarren und zu versteinern, als wären sie auf eine nicht isolierte Leitung getreten.

Die Romanowa erstarrte vor einem Pelz. Von einem

Ende zum anderen des Schaufensters lag ausgebreitet, wie ein Zigeunerinnenrock, ein leichter Nerz. Es mußte wohl eine besondere Verarbeitungsart geben, wodurch der Pelz wie Seide wurde. Ein sowjetischer Pelz ist steif wie eine Holzpanele. Vielleicht ist eine Holzpanele praktischer und unsere Pelzmäntel halten länger. Aber, wie man so sagt: ›Das Gefängnis ist ein solider Bau, doch wer freut sich schon darüber.‹

Lascha erstarrte vor einer Lampe. Es war eine große Kristallkugel, in der verschiedenfarbig leuchtende Fäden verknüpft waren. Sie drehte sich langsam wie die Erde, und die Fäden glitzerten grünlich, bläulich, himbeerfarben.

Lascha wurde klar, daß die Spirale seiner Träume eine Windung mehr bekommen hatte. Jetzt wollte er so eine Lampe, so ein Bett und so eine Frau. Wie auf den Reklamefotos. Und so ein Land. Mein Gott, wie weit war das weg von seinem Dorf bei Suchumi. Wie leid ihm der Vater tat, der früh gestorben war und so etwas nie gesehen hatte. Was hatte er schon gesehen? Das Dorf. Die Front. Das Krankenhaus. Wieder das Dorf. Der Kreis hatte sich geschlossen.

Aber Lascha hatte diesen Kreis durchbrochen, war ausgebrochen – wie weit war er gekommen! Bis nach Italien. Bis vor dieses Schaufenster. Die Lampe drehte sich. Sie versprach etwas.

»Schau dir das an...« sagte Lascha aufseufzend und drehte sich zur Romanowa um, die vor dem sandfarbenen Nerz stand und im Wachen Fieberträume hatte.

Die Frau des Großen Schlechten Künstlers zog es zu der

Vitrine mit Schmuck. Dort auf dem Samt glänzte ein Schleifchen aus Weißgold, von Brillanten übersät. Das kleine Schwarze anziehen und so eine Schleife daran befestigen. Mehr brauchte es nicht. Und dann könnte sie sich in jede Gesellschaft wagen und sich den Allergrößten Schlechten Künstler auswählen. Oder auch einen jungen frechen, in Jeans, mit flachem Bauch.

Da kam der Plakatmaler Jukin.

»Wie findest du das?« fragte die Frau, auf die Schleife zeigend.

»Kitsch«, antwortete Jukin auf deutsch.

Aber die Frau des Künstlers wußte nicht, was das deutsche Wort *Kitsch* bedeutete, und sie dachte, es sei etwas Positives.

»Kauf es«, sagte die Frau im Spaß.

Aber Jukin hatte nicht einmal genug Geld für die Schachtel. »Ich würde es kaufen«, sagte Jukin ernsthaft. »Für dich.«

Die Frau sah Jukin an. Er hatte Jeans an, einen flachen Bauch und alles, was dazu gehörte. Aber er war nicht berühmt. Und nicht einmal ein bißchen anerkannt. Ein Nichts. Er malte Plakate im Stil von RAUCHEN SCHADET DEINER GESUNDHEIT!

Er war ein Niemand für die Gesellschaft. Aber für sich selbst genommen war er ein toller Kerl. Auch für seine Freunde war er ein toller Kerl. Als einer seiner Freunde galt der Künstler Michailow. Ein aufgehender Stern. Er malte und arbeitete beim Film und war gleichzeitig Mitglied zweier Künstlerverbände: des Verbandes der Bildenden Künstler und der Filmschaffenden.

Puschkin hat einmal gesagt: ›Man kann ein Mensch der Tat sein und über die Schönheit von Fingernägeln nachdenken.‹ Der Künstler Michailow war ein Mann der Tat, aber er dachte nicht über die Schönheit von Fingernägeln nach, nicht daran, ob seine Haare sauber waren, und ähnlichen Kleinkram, mit dem sich seine Zeitgenossen beschäftigten. Er war ein ungeschliffener Edelstein.

Die Kostina näherte sich Michailow, zeigte ihm den Flaschenhals, als frage sie: ›Willst du?‹

Jukin trat sofort auf Michailow zu und sagte: »Wir haben es doch abgemacht.«

»Ich hab gar nichts gemacht«, redete sich Michailow raus.

Jukin und Michailow hatten vereinbart, daß sie während der ganzen Italienreise keinen Schluck in den Mund nehmen würden.

»Und du, provoziere ihn nicht!« sagte Jukin streng zu Nadja.

»Na bitte, dann eben nicht«, sagte Nadja beleidigt.

Sie hatte königliche Großzügigkeit gezeigt, und dafür verurteilte man sie auch noch. Aber keine gute Tat bleibt unvergolten. Nadja fand es langweilig, ohne Gesellschaft zu trinken. Etwas trinken, das war nicht einfach sich volllaufen lassen. Es war eine Art von Gemeinschaftlichkeit, die Suche nach Wahrheit, ein Verschmelzen mit der Seele der Welt. Nüchterne Menschen waren immer gleich und langweilig. Sie konnten den großen Übergang in die vierte Dimension nicht verstehen. Sie konnten die lesbische Liebe nicht verstehen, wo keine Gewalt herrschte, nicht eine der Liebenden Macht über die andere hatte, sondern nur grenzenlose Zärtlichkeit war. Niemand konnte Nadja Kostina verstehen, und sie fühlte sich einsam zwischen all den Menschen. Und nahm ein Beruhigungsmittel in Form von Alkohol.

Nadja ging zu Bogdanow und fragte: »Wollen Sie, Lew Borisowitsch …?«

»Na hören Sie«, wunderte sich Bogdanow. »Ich trinke morgens nie. Und Ihnen rate ich das auch nicht.«

Bogdanow drehte sich wieder zum Schaufenster mit den Antiquitäten um. Dort waren alte Grammophone ausgestellt, eine Drehorgel und Bilderrahmen mit schweren Verzierungen. Wenn man bloß zehn Jahre seines Lebens ins Pfandleihhaus tragen könnte und für das ausgehändigte Geld all das hier kaufen …

Bogdanow beschäftigte sich mit dem achtzehnten Jahrhundert, und er fand es *dort* viel interessanter. Alles war interessanter: die Gegenstände, die Gedanken, die Persönlichkeiten, die Luft, das Essen. Hier in der Gegenwart befand er sich nur rein zufällig. Wie ein Emigrant in einem fremden Land. Die heutigen Frauen gefielen ihm nicht, sie hatten zu viel Männliches. Sie waren Raubtiere, verdienten ihr Brot im Schweiße ihres Angesichts, trugen Hosen und tranken Wodka.

Wenn Bogdanow eine Frau ansah, dann zog er ihr im Geiste ein langes Kleid an, einen breitkrempigen Hut, der mit Stoffblumen geschmückt war. Er war ein seltsamer Mensch, dieser Bogdanow.

Aber jetzt war die ganze Gruppe so: seltsam und ernst und wie abwesend – alle waren vor den Schaufenstern erstarrt, und es war unmöglich, sie von der Stelle zu bewegen.

»Starren Sie nicht so!« rief der Leiter der Gruppe verzweifelt.

Der Bus wartete. Alles war auf die Minute geplant. Man durfte nicht zu spät kommen. Tourismus ist ein Geschäft. Außerdem schämte er sich für seine Leute: Sie standen da wie die Wilden, denen man ein paar Glasperlen zeigte.

»Starren Sie doch nicht so!« schrie der Gruppenleiter angeekelt.

Der Gruppenleiter war ein Vertreter der nationalen Minderheiten. Ein Volkskünstler. Sein Gesicht war flach und voller Falten wie aufgepflügte Erde. Und er war ungewöhnlich groß.

Die Italiener drehten sich um und schauten ihn an, ihn und den Bigamisten, aus dessen Sandale durch ein Loch in der Socke rührend der große Zeh hervorsah. Offensichtlich wollte keine seiner beiden Frauen die Socke stopfen, jede überließ das der anderen. Und überhaupt war Ljowa ungepflegt, als hätte er überhaupt keine Frau. Offensichtlich kam es auf dasselbe raus, zwei Frauen zu haben oder gar keine. Man sollte eben eine haben.

Die Touristen fanden sich mit dem Geschrei des Gruppenleiters ab. Wenn er so rumschrie, dann mußte das wohl so sein. Er durfte das. Sie zuckten zusammen wie eine Herde unter der Knute des Hirten und gingen weiter.

Die Romanowa hatte schon viele Reproduktionen gesehen. Das Original war der Kopie ähnlich. Aber es unterschied sich auch. Aus dem Original kommt einem die Energie des Meisters entgegen. Und bei der Kopie stand zwischen dem Meister und der Romanowa der Handwerker.

Ein zerstreuter Museumsführer erzählte: Wer auf dem Bild zu sehen war – Christus und die Apostel –, warum sie sich versammelt hatten, und was danach kam. Genau beim letzten Abendmahl hatte Christus gesagt: ›Einer von euch wird mich verraten.‹ Judas' Gesicht lag im Schatten Er hatte Angst, erkannt zu werden. Judas war der Verräter. Seit dieser Zeit benutzte die Menschheit seinen Namen nicht mehr.

Raskolnikow stand etwas abseits, er betrachtete das Bild, saugte es quasi in sich ein, dann sagte er leise etwas hinter dem Rücken des Museumsführers. Er brummelte etwas wie im Fiebertraum. Aber alle hörten ihm plötzlich zu ... Wenn es den Verrat nicht gegeben hätte, hätte man Christus nicht gekreuzigt. Wenn es die Kreuzigung nicht gegeben hätte, gäbe es auch kein Christentum. Denn gerade nach dem Tod am Kreuze begann sich das Christentum auf der ganzen Welt zu verbreiten.

Und was wäre schon ein Christus, der vor dem Kreuz davongelaufen wäre? Ein Christus ohne Christentum. Also war Judas unverzichtbar. Auch Judas ging in den Tod. Freiwillig. Seine Mission war groß. Aber er wird beschimpft, für alle Zeit verflucht. Er hat sich, wie Stallmist, in die Erde gelegt, auf der später Rosen wachsen. Die Menschen sehen nur die Rosen. Sie erinnern sich nicht an den Dünger. Und allein beim Gedanken an ihn wenden sie angeekelt die Nase ab. Aber das Christentum hat gesiegt und behauptet sich auf der Welt. Und dazu haben zwei ihren Teil beigetragen: Christus und Judas.

Alle hörten zu. Auch der Museumsführer hörte zu. Niemand sagte etwas dagegen, nicht einmal Bogdanow.

Aus Raskolnikow sprudelte eine besondere Energie. Er hatte nicht an Gewicht zugenommen, aber sein Geist überragte alles.

Auch die Romanowa spürte diese Überlegenheit. Und sie hatte das Bedürfnis, sich ihm unterzuordnen und ihm zu folgen wie Christus. Sie waren sich sogar ähnlich: dasselbe asketische Gesicht, die langen Haare – nur hatte Christus schwarze Haare gehabt und Raskolnikows waren sandfarben, die Augen, die über Kleinigkeiten hinwegsahen, derselbe Gesichtsausdruck. Nirgends und nie ist Christus lachend abgebildet. Er mußte eine Lehre gründen und in jungen Jahren qualvoll sterben. Was ist daran schon lustig?

Abends gingen sie sich einen Pornofilm ansehen.

Nicht alle kamen mit. Die alte Frau, Bogdanow und der Gruppenleiter blieben aus moralischen Erwägungen im Hotel. Der Bigamist aus materiellen. Er mußte Geschenke für zwei Familien kaufen, und die Eintrittskarte für den Film war teuer.

Die anderen genierten sich nicht. Sie versammelten sich und gingen los.

Das Kino war klein, eng, und der Spielfilm war kein Spielfilm, sondern eher so etwas wie unsere *Neuigkeiten des Tages.* Zuerst fiel ein Korn auf die Leinwand – ein Sujet über ein landwirtschaftliches Thema, dann rannten flinke Schwarze über ein Fußballfeld – ein Sportthema, dann war eine Maschinenausstellung mit den neuesten Fabrikaten zu sehen. Auf einem rotierenden Podest drehten sich Maschinen um ihre eigene Achse, die sich von unseren Maschinen weit mehr unterschieden als Spaghetti von Kartoffeln. Aber von Porno keine Spur. Pech auf der ganzen Linie. Das Geld war im Eimer. Aber plötzlich, in der vierzigsten Minute, kam doch noch ein kleines Sujet heraus: Ein junges Mädchen wusch sich unter der Dusche, sie war völlig nackt, versteht sich. Sie wusch sich sehr sorgfältig und lange, ganz ausgiebig. Dann erschien ein junger Mann an der Tür, der Jukin entfernt ähnlich sah, und er schaute zu. Dann kam er ins Bad, verschloß die Tür und half ihr, sich zu waschen, aber gleichzeitig störte er sie. Er lenkte sie vom Waschen ab.

Die Romanowa sah zum ersten Mal einen Pornofilm, der nicht in ihrer Phantasie, sondern von ihr getrennt ablief. Jemand anders demonstrierte seine Phantasie auf der Leinwand. Die Romanowa sah nichts prinzipiell Neues. Das alles hätte sie sich auch ohne den Film vorstellen können.

Lascha saß neben ihr, was sie besonders peinlich fand. Seine Augen blitzten wie zwei Lichtstrahlen und durchschnitten die Dunkelheit des Saals.

Auf der anderen Seite saß Raskolnikow. Die Romanowa konnte sich kaum vorstellen, wie sie sich in die Augen sehen konnten, wenn das Licht wieder anginge. Das Ganze kam ihr so vor, als beteiligten sie sich an etwas Unanständigem.

Das Licht ging an. Alle standen auf und gingen zu Fuß ins Hotel. Sie gingen schweigend. Jukin und die Frau des Großen Schlechten Künstlers blieben zurück.

»Du bist so groß wie ein greller Stern«, sagte Jukin.

»Das ist auch mein Name«, antwortete Die Frau. »Ich heiße Stella.«

»Stella heißt auf italienisch Stern«, sagte Jukin heiser.

Das Sprechen fiel ihm schwer. Sein gesamtes unteres Stockwerk war angespannt und in Aufruhr. Er konnte kaum sprechen und sich fortbewegen.

Jukin umarmte Stella und drückte sich mit seiner ganzen schmächtigen Gestalt an ihren großen Körper.

›Wie lange hab ich das nicht mehr gehabt‹, dachte Stella.

Italiener gingen an ihnen vorbei und schenkten ihnen keinerlei Aufmerksamkeit. Für die Italiener war das normal, wie der Vorname Giovanni oder Spaghetti mit Tomatensoße.

Die Romanowa ging in ihr Zimmer. In der Mitte stand ein Doppelbett, an die zwei Meter breit, vielleicht sogar noch breiter. Ein Ehebett. An der Wand über dem Kopfende – das Bildnis der Madonna. Die sollte die Verbindung wohl segnen.

Nadja Kostina lag angezogen auf der Decke. Mit einer halb ausgetrunkenen Wermutflasche.

Die Romanowa wäre an diesem Abend nicht dagegen gewesen, eine neue sexuelle Erfahrung zu machen. Mit einer Frau. Aber Nadja Kostina gefiel ihr nicht. Sie war, wenn man so sagen will, nicht nach ihrem Geschmack. Mehr als das. Oder besser gesagt, weniger als das. Sie war ihr unangenehm. Gut, daß das Bett breit war und je zwei Decken und Kopfkissen hatte. Sie konnte sich ihr Nachthemd anziehen, sich auf ihre linke Seite legen und die rechte Seite einfach vergessen.

Genau das tat die Romanowa auch. Sie legte sich

hin – und hielt den Atem an in Erwartung einer sexuellen Offensive.

Aber Nadja Kostina war nach etwas ganz anderem zumute. Ihr war nach reden und danach, daß ihr jemand zuhörte. Der Alkohol schärfte ihre Wahrnehmung, die Gedanken überstürzten sich und wollten heraus. Jeder Gedanke war messerscharf und ungewöhnlich. Es wäre schade, ihn für sich zu behalten, sie wollte ihn mit jemandem teilen, so wie Essen und Wein. Wie das Beste, was sie hatte.

Die Kostina redete über alles gleichzeitig: Über die italienische Renaissance, über Spießbürgerlichkeit, über die Geschichte der Karikatur...

Die Romanowa wollte nur das eine: schlafen, schlafen, schlafen... Aber die Kostina wollte reden, reden, reden...

›Lieber sollte sie was anderes wollen‹, dachte die Romanowa. ›Das würde nicht so lange dauern.‹

Schließlich endete es damit, daß jede das ihre wählte: Die Romanowa schlief ein unter dem Geräusch des goldenen Wortregens, bei dem jedes Wort ein Goldkörnchen war. Schade, daß kein Tonband lief und alle Worte ins Nichts verflogen. Sie verdampften unter der Zimmerdecke. Und kondensierten.

Sie fuhren in einem Schnellboot über das Meer nach Venedig. Hinter einer Bucht tauchte die Stadt mit ihren Ziegeldächern auf. Lascha hatte Tränen in den Augen. Reine Tränen reinen Entzückens. Auch die Romanowa fühlte eine feuchte Hitze, die ihr in die Augen stieg... Das waren sie, die glücklichsten Minuten während der ganzen Reise.

Raskolnikow stand mit einer über die Schulter gehängten Tasche da und sah sich in die Stadt ein wie in einen nahenden Gegner: Wer wen?

Die Romanowa fühlte wieder die Überlegenheit dieses Menschen. Er war ihr überlegen. Und allen anderen auch. Er hatte ein Plus. Alles war bei ihm wie bei den anderen, aber da gab es noch ein Plus. Es wäre gut, zu erfahren, was das war.

Wieder ein Hotel. Dem Hotel war ein Restaurant angeschlossen.

Die Touristen verschlangen das italienische Essen mit Begeisterung, alle – außer Raskolnikow. Raskolnikow saß bleich da und hielt sich die Hand auf den Bauch.

»Mein Magengeschwür ist aufgebrochen«, sagte er zur Romanowa als Antwort auf ihren besorgten Blick. »Das passiert mir manchmal.«

Als die Spaghetti gebracht wurden, bat er um eine Portion ohne Soße.

»Kann ich seine Soße haben?« sagte der Bigamist.

»Soll ich das übersetzen?« fragte die Dolmetscherin Carla zweifelnd.

»Benehmen Sie sich anständig«, riet der Gruppenleiter.

»Was ist denn schon dabei?« wunderte sich der Bigamist.

Carla übersetzte. Der Kellner verstand nicht. Dann begriff er. Er wunderte sich, schwieg aber. Was sollte denn das: ›meine Soße, deine Soße‹? Der Signor möchte mehr Soße? Dann soll er's doch sagen.

Zum Mittagessen bot man Wein an: Weißwein oder Rosé. Man mußte wählen.

»Kann man nicht beide haben?« fragte Nadja Kostina.

»Benehmen Sie sich anständig«, bat der Gruppenleiter wieder. »Was sollen die bloß von uns Russen denken?«

Der Kellner hatte tatsächlich seine eigenen Ansichten über die verschiedenen Völker. Die Russen gaben nie Trinkgeld. Die Deutschen gaben zehn Prozent des Menüpreises. Die Amerikaner zählten nicht. Die gaben großzügig. Die Franzosen wanden sich. Die waren geldgierig. Aber die Russen waren bloß arm. Bei ihnen, sagt man, stand die Ideologie an erster Stelle, aber von der Ideologie kann man kein Trinkgeld geben.

Venedig – das sind die Kanäle, die Gondeln und die Gondoliere.

Die Gondoliere, ältliche Onkels, trugen Strohhüte mit einem Band, wie in alten Zeiten. Und die Kanäle waren auch dieselben. Und zur Mandoline sangen sie genauso ihr *O sole mio.* Aber für das *O sole mio* mußte man bezahlen. Deshalb hörten es die Russen nur von den fremden Booten. Das Wasser glänzte um die Häuser herum, die Hauswände waren grün von Schlamm und Wasserpflanzen. ›Natürlich ist das romantisch‹, dachte die Romanowa. ›Aber lebt es sich angenehm, wenn das Fundament im Wasser steht? Es ist doch feucht.‹

Bogdanow saß mit geschlossenen Augen da und hörte dem fröhlichen Plätschern der Wellen zu.

Der Gondoliere hantierte mit dem Ruder, denn das Boot war schwer. Die Russen hatten sich hineingequetscht wie Heringe. Raskolnikow wurde an die Romanowa gedrückt.

Ein wendiger italienischer Fotograf, der sich so sein Geld verdiente, sprang herbei und drückte auf den Auslöser.

Dann hinterlegte er die Fotografie im Hotel beim Portier. Das war sein Business. Er knipste, ohne zu fragen, und brachte das Ergebnis ins Hotel: Wenn du willst – kauf, wenn nicht – dann nicht. Er ging ein Risiko ein. Aber das Risiko erwies sich als gerechtfertigt. Fast alle Fotografien wurden gekauft. Und auch die Romanowa kaufte für achttausend Lire das Foto. Und sie hat es noch heute: Sie und er, erstarrt vor Entzücken über Italien.

Die Romanowa wünschte, daß das Boot ewig weiterführe und nie am Ufer ankäme. Aber das Boot legte an. Raskolnikow gab ihr die Hand und half ihr beim Aussteigen. Und dann ließ er ihre Hand nicht mehr los. Und sie zog sie nicht weg.

Der Tag war mit irgendeiner Exkursion verplant. Die Romanowa erinnerte sich nicht mehr daran. Der Tag war aus ihrem Gedächtnis herausgefallen. Nur der Abend war geblieben.

Es dämmerte. Die ganze Gruppe machte sich auf, durch die Stadt zu spazieren. Nicht alle Straßen waren Kanäle. Es gab auch richtige Straßen, gesäumt von reichen Villen, in denen reiche Leute lebten.

»Schau dir das an«, rief Lascha mit seinem typisch georgischen Akzent, und er erstarrte vor einer Villa aus weißem Marmor.

Sein Schock dauerte ein paar Sekunden; währenddessen waren die anderen schon um die Ecke verschwunden. Lascha verlor den Anschluß.

Als nächste verloren Stella und Jukin den Anschluß. Die Gruppe schmolz langsam in der venezianischen Dämmerung dahin.

Die Romanowa und Raskolnikow hingen zwischen Himmel und Erde, während sie sich an den Händen hielten.

»Bist du verheiratet?« fragte die Romanowa.

»Ja. Aber wir leben nicht zusammen. Ich habe mich in eine andere Frau verliebt.«

»Und wer ist diese andere?«

»Du kennst sie nicht. Sie ist meine Lektorin.«

Aber wenn er eine andere liebte, warum ließ er dann den ganzen Tag ihre Hand nicht los...

»Aber wo lebst du jetzt? Mit wem?«

»Allein. Ich wohne außerhalb der Stadt. In einer Datscha.«

»Und du fährst jeden Tag zur Arbeit?«

»Ich arbeite nicht. Besser gesagt, ich arbeite schon, ich schreibe ein philosophisches Traktat: *Christus und Marx*.«

Die Romanowa wunderte sich: Was hatten Christus und Marx miteinander zu tun, außer daß sie beide Juden waren?

»Ich arbeite nachts. Tagsüber schlafe ich.«

»Wann stehst du auf?«

»Abends um acht.«

»Und wann ißt du?«

»Ich esse nur einmal am Tag. Wenn ich aufgestanden bin.«

›Deswegen ist er so dünn‹, dachte die Romanowa.

»Nachts ist es wunderschön. Keine Menschenseele. Ich kann spazierengehen, nachdenken, die Bäume, der Mond…«

›Er ist verrückt‹, dachte die Romanowa. ›Er hat Verfolgungswahn. Rennt vor den Leuten davon.‹

»Kommt es dir so vor, als ob dich jemand verfolgt?« überprüfte sie ihre Annahme.

»Meine Frau. Sie kommt zu mir und will ständig etwas von mir. Und ich will schon lange nichts mehr von ihr.«

»Und die Lektorin?«

»Sie liebt mich. Und ich sie. Sie erwartet ein Kind.«

›So ist das also‹, dachte die Romanowa. ›Da ist für mich kein Platz.‹

Weshalb war er so verstimmt? Er liebt sie. Sie liebt ihn. Ein Kind. Alles war doch in Ordnung.

»Bei dir ist alles bestens«, sagte die Romanowa, ihre Enttäuschung unterdrückend.

»Ja«, nickte er und umarmte sie plötzlich. Drückte sie an sich. Seine Arme erwiesen sich als erstaunlich stark für seinen leichten Körperbau.

Sie setzten sich auf eine Bank und begannen sich zu küssen. Ihr Herz klopfte laut dröhnend und gefährlich, wie eine Bombe mit Zeitzünder. Gleich würde sie explodieren, und alles würde in die Luft fliegen: die Vergangenheit, die Gegenwart, die Zukunft. Na wenn schon. Hatte sie denn nicht genau darauf gewartet, die letzten zehn Jahre lang? Sie hatte gewartet und gefröstelt vor Ungeduld…

»Komm!« sagte er. Sie gingen in eine Telefonzelle. Es war eng und unbequem.

»Nicht«, sagte die Romanowa und schob seine Hände weg.

»Doch ...« Ihre Seele flog davon. Dann kehrte sie wieder. Schwamm langsam in ihren Körper zurück. Die Romanowa blinzelte.

Ihr Mann würde sie am Flughafen abholen. Sie würde ihm den Koffer mit den Jeans übergeben, würde ›verzeih mir‹ sagen und mit Raskolnikow weggehen. Wo immer er hinginge, dort würde auch sie hingehen. Er ginge in den Wald, sie würde ihm folgen. Er würde tagsüber schlafen – sie würde mit ihm schlafen. Und mit ihm bei Mondschein spazierengehen und einmal am Tag essen und sich mit ihm über Christus und Marx unterhalten. Nur seine brummelnde Stimme hören, einen komplizierten Gedanken auffangen, an der Grenze zwischen Verstand und Wahnsinn. Und sterben. Und wieder auferstehen.

Nadja lag mit geschlossenen Augen da.

»Schläfst du?« fragte die Romanowa.

»Wieso?« ließ sich Nadja vernehmen.

»Kennst du diesen ... Dünnen?« fragte die Romanowa gleichgültig.

»Lenka, oder wen?«

Er hatte also einen Vornamen. Leonid*. Wie abschätzig sie seinen Vornamen ausgesprochen hatte.

»Er ist mit der Wostrjakowa zusammen. Auf ihre Kosten«, teilte Nadja mit.

* Lenka ist einer der möglichen Kosenamen für Leonid.

»Wie meinst du das?«

»Ganz allgemein. Sie ernährt ihn, sie kümmert sich um alle seine Angelegenheiten.«

»Ist sie schön?«

»Mal gewesen.«

»Wieso ›gewesen‹? Ist sie älter als er?«

»So um die zehn Jahre... Na, vielleicht auch nur fünf...«, sagte Nadja gnädig.

»Er wohnt aber allein«, entgegnete die Romanowa.

»Frag ihn. Er wird's dir schon erzählen.«

Die Romanowa war nicht beleidigt. Im Gegenteil, es gefiel ihr, daß jemand geringschätzig über Raskolnikow sprach. Sollte er doch wenigstens einem Menschen unangenehm sein. Das würde die Menge um ihn her verkleinern. Und sie würde leichter zu ihm durchdringen...

Nadja schlief ein.

Die Romanowa erinnerte sich, wie er sie nachher geküßt hatte, vorsichtig, als fürchtete er eine Grenze zu überschreiten, überzuschwappen, und sie verstand: So konnte man sich nicht verstellen. Man kann sich nicht wirklich totstellen, das Herz schlägt ja weiter. Und man kann sich nicht lebendig stellen, wenn man tot ist. Liebe ist ein Glied in einer Kette: Leben, Tod, Liebe.

Es gibt noch eine andere Kette: Familie, Kinder, Enkel... Die Fortsetzung des Geschlechts. Die einzige reale Unsterblichkeit. Und Raskolnikow hatte damit nichts zu tun. Aber warum war es passiert, das mit Raskolnikow?

Ein Schmetterling lebt nur ein Jahr. Ein Hund fünfzehn. Es gibt Schmetterlingslieben und Hundelieben. Aber es gibt auch Krähenlieben: zweihundert Jahre ...* Länger als ein Menschenleben ...

Der Autobus flog über die Hauptverkehrsstraßen, von Stadt zu Stadt.

Die Romanowa saß mit Raskolnikow in der dritten Reihe von hinten. Sie saßen zu zweit. Sie hielt sein Knie fest. Es war schon ihr Knie. Er zog es nicht weg, und schien die Berührung nicht einmal zu bemerken. Aber wenn sie die Hand weggenommen hätte, hätte er es sofort bemerkt. Er fror. Durch ihre Hand war ihm warm.

Er redete und redete, aber nicht so wie Nadja. Oder besser gesagt, ihm hörte sie zu. Die Romanowa sog jedes Wort in sich ein, jedes einzelne Wort einschließlich der Satzzeichen und sogar die Pausen nach dem Punkt.

Raskolnikow redete über den Sozialismus, über Breschnjew, über die allgemeine Lage der Kunst, über seinen Platz darin, und es stellte sich heraus, daß er keinen hatte. Solche wie er seien überflüssig. Und er wollte auch nicht mehr. Er war in den Wald gegangen. In die Nacht. Er wollte auch niemanden sehen. Und er schrieb das, was ihn interessierte. Und nicht, das was *die* hören wollten. Sie würden das nicht lesen. Und wenn sie es lesen würden, würden sie es sowieso nicht verstehen.

»Hältst du dich für ein Genie?« fragte die Romanowa.

»Ja, weil *die* mich für ein Stück Scheiße halten. Und wenn ich ihnen glaube und mich nicht widersetze, dann verwandele ich mich auch in diese Substanz.«

* In der russischen Folklore heißt es, daß eine Krähe zweihundert Jahre alt wird.

»Wie alt bist du?« fragte die Romanowa.

»Dreiunddreißig.«

Wie Christus. Bloß, daß Christus mit dreiunddreißig schon starb und eine Lehre hinterließ. Und der hier war immer noch dabei, groß rauszukommen.

Sie schwiegen. Vor dem Fenster zogen italienische Landschaften vorüber.

»Verstehst du denn überhaupt nicht, wo du lebst?« fragte Raskolnikow eindringlich.

Die Romanowa schwieg beschämt weiter. Was sollte sie denn machen, wenn sie doch gut lebte? Sie arbeitete, wie sie wollte. Sie führte keinerlei soziale Aufträge aus. Die Jungen und Mädchen, die Kätzchen und Hunde sahen in jedem System gleich aus. Sie zeichnete sie. Sie wurde dafür bezahlt. Es reichte fürs Essen. Und sogar für einen Rock von der Schwarzhändlerin. Sie liebte ihre Tochter. Und das Leben. Und das war etwas Ewiges, vom System Unabhängiges.

»Das Bewußtsein einer Pflanze«, lachte Raskolnikow. »Du lebst wie eine Pflanze am Wegrand. Wie die Blaue Wegwarte.«

›Ja, die Blaue Wegwarte‹, stimmte die Romanowa in Gedanken zu. ›Man kann sie schwer abreißen. Sie ist zäh und stark. Man legt sie auf Wunden. Sie lindert den Schmerz. Etwas sehr Nützliches, die Blaue Wegwarte.‹

»Ich hole dich um vier Uhr ab«, rief Mascha durchs Telefon. »Nimm Michailow mit.«

»Wozu?«

»Arsenij hat darum gebeten. Er kommt auch mit.«

Arsenij war ein Opernsänger, der an der Mailänder Scala sang. Er hatte einen Gastvertrag. Eine große Seltenheit in den siebziger Jahren. Fast etwas Exotisches.

Mascha war eine Studienfreundin der Romanowa. Sie hatte einen italienischen Journalisten geheiratet und war nach Rom übersiedelt. Es war völlig logisch, daß sich der Italiener unter allen russischen Frauen ausgerechnet Mascha ausgesucht hatte. Sie hatte Verstand, Schönheit, Güte und noch etwas mehr: ein besonderes Gespür für das Leben. Sie stand morgens auf und sagte: »Guten Morgen, Morgen« und ging den Tag anders an als andere Leute. Mit Appetit, als wenn man ihr den Tag wie ein Menü serviert hätte, hantierte sie mit Messer und Gabel drauf los.

»Ich zeige dir mein Rom«, versprach Mascha. »Und dann essen wir alle zusammen zu Mittag.«

Auf dem Programm stand Rom, mit den Augen der Auserwählten gesehen, und ein Essen in einem teuren Restaurant. Aber zu diesem Programm gehörte Raskolnikow nicht. Und damit verlor alles seinen Sinn.

»Kann ich noch jemanden mitbringen?« fragte die Romanowa, und sie fügte hinzu: »Er ißt wenig, er hat ein Magengeschwür.«

»Das geht nicht«, schnitt ihr Mascha das Wort ab. »Das Auto ist nur für vier zugelassen. Wir sind schon zu viert: ich, du, Michailow und Arsenij.«

Für das Restaurant würde man zwei Stunden brauchen. Zwei Stunden ohne Raskolnikow. Das war wie zwei Stunden mit zugehaltener Nase unter Wasser zu sitzen.

»Ich komme um vier«, wiederholte Mascha. »Wartet unten vor dem Hotel.«

Die Romanowa ging zum Gruppenleiter und sagte, daß sie nicht mitkäme, um den St. Petersdom zu besichtigen, weil sie eine Freundin traf.

»Das ist Ihre Sache«, sagte der Gruppenleiter gnädig. »Wenn es nach mir ginge: Ich würde Sie alle in die vier Windrichtungen auseinanderlaufen lassen und Sie nur an den Abflugtermin erinnern.« Für ihn als Gruppenverantwortlichen war nur wichtig, daß die Gruppe vollzählig zurückkam. Aber wie sie sich innerhalb des Landes aufführte, war Privatsache jedes einzelnen.

»Danke«, sagte die Romanowa dumpf.

Sie hatte gehofft, man würde ihr den Ausflug verbieten. Dann wäre sie bei Raskolnikow geblieben. Aber es hieß: Bitteschön, gehen Sie ruhig! »Und geht Minajew mit Ihnen?« fragte eine Frau mit Korkenzieherlöckchen.

›Wer ist die bloß?‹ dachte die Romanowa. Sie wußte nicht mehr genau, wann sich diese Person zur Gruppe gesellt hatte. Noch in Moskau? Oder erst in Italien? Aber sie fragte natürlich nicht. Sie hatte gehört: Mit den Symphonieorchestern, die auf Tournee gingen, reisten zusätzlich Leute mit; sie hießen ›Stimmungsmacher‹. Bei irgend jemandem sorgten die wohl für Stimmung.

»Wieso soll er mit mir gehen?« Die Romanowa gab die Frage zurück. Sollte sie sich doch selbst ihre Fragen beantworten. Der Bus wartete schon neben dem Hotel. Alle setzten sich auf ihre gewohnten Plätze.

»Ich mache nur einen Abstecher und bin gleich wieder zurück. In Ordnung?« fragte die Romanowa.

»In Ordnung«, sagte Raskolnikow. Er war bleich. Er hielt die Hand auf den Bauch gepreßt.

»Wenn du willst, bleibe ich bei dir...«

»Das muß nicht sein.«

»Wieso?«

»Ich möchte ein bißchen schweigen.« Er mußte nachdenken, die Figuren verschieben wie auf einem Schachbrett...

Sie saßen in einem teuren Restaurant an der Via Bernini.

Die Chefin des Lokals nahm die Bestellung auf. Arsenij war ein Gast mit Prestige, deshalb erwies man ihm diese Ehre.

Die Romanowa musterte das Kleid der Chefin: Es war einfach, wie alle teuren Sachen, und aus echter Seide. Sie stellte sich selbst in diesem Kleid vor. Wenn sie damit zu Raskolnikow ginge! Er würde sagen: ›Ich lebe sowieso nur nachts, wenn alle schlafen. Ich gehe nirgends hin, und niemand wird dich darin sehen.‹ Aber sie würde antworten. ›Du siehst mich darin, *du*. Niemand sonst braucht es zu sehen.‹

»Würdest du gern in Italien bleiben?« fragte Michailow Arsenij.

»Man hat es mir angeboten, aber ich will nicht«, antwortete Arsenij. »Ein schöpferischer Mensch soll dort leben, wo er arbeiten kann.«

Die Vorspeise wurde gebracht. Die Romanowa begann die gebratenen Bananen zu essen, aber sie war so hungrig, daß sie gar nichts schmecken konnte, sondern warf ein Stückchen nach dem anderen in den Mund wie Kartoffeln und setzte alle Hoffnung in das Hauptgericht.

Mascha aß überhaupt nichts. Sie sah sich das Buch der

Romanowa an, *Es war einmal ein Hund.* Das Buch war grellbunt und glänzend, wie ein Fruchtbonbon. Es war ein großer Erfolg, sowohl für sie als auch für Schurka. ›Wir beide haben zusammen eine Birne gepflückt, die sehr hoch hing‹, hatte Schurka gesagt.

»Wenn ich besser male als du, würdest du mir das verzeihen?« fragte Mascha. »Verzeihst du mir?«

Die Romanowa wunderte das Wort verzeihen.

»Ja«, sagte die Romanowa ernst. »Ich würde mich sogar freuen. Aber du malst ja nicht.«

»Wieso?«

»Weil Talent vor allem der Drang nach der Arbeit ist. Und du bist bis jetzt nicht an die Leinwand herangetreten. Also hast du diesen Drang nicht.«

»So wie du kann ich auch malen.«

»Das kommt dir so vor«, erklärte die Romanowa. »Um Bildchen zu machen, sogar solche, muß man alles stehen- und liegenlassen. Auch die Menschen. Das willst du doch nicht. Du liebst das Leben viel zu sehr.«

»Und du?«

»Für mich sind meine Bildchen das Leben.«

»Und das genügt?«

»Nein«, gab die Romanowa zu. »Das genügt nicht.«

Mascha schwieg einen Moment. Sie hatte alles außer den Bildern. Ihnen beiden genügte das große Stück aus dem Kuchen des Lebens nicht, das sie besaßen. Sie verstanden das. Sie waren ehrlich befreundet. Der Neid hatte ihre Freundschaft nicht aufgefressen. Sie hatten beide ihre Trümpfe im Spiel.

Arsenij redete leise über irgend etwas mit Michailow.

Sie waren beide dick, aber auf verschiedene Weise; Michailow von der falschen Ernährung, von der großen Menge leerer, eiweißloser Nahrung. Aber Arsenij war aus beruflichen Gründen dick. Das feste Fett hält das Zwerchfell, und auf dem Zwerchfell wird der Ton gebildet, vor allem das hohe A, wegen dem man ihn an die Mailänder Scala geholt hatte.

Arsenijs Gesicht war aufmerksam, interessiert, er war freundlich, großzügig, verbindlich, aber die Romanowa sah, daß er es eilig hatte, irgendwohin zu kommen, in sein eigenes Leben. Er tat, was er der alten Freundschaft schuldig war. Aber sein Zug war weit vorausgefahren, und es winkten schon neue Bahnhöfe.

Später, als sie sich verabschiedet und ins Auto gesetzt hatten, wandte die Romanowa den Kopf, als das Auto anfuhr und sah Arsenijs Gesicht. Er sah zur Seite und dachte schon nicht mehr an das Restaurant und die Russen. Noch eine Sekunde und er hätte alle endgültig vergessen.

War das beleidigend? Ach wo. Man konnte nicht für jeden Menschen wichtig sein. Nur, daß diese Schnellebigkeit einen zu philosophischen Betrachtungen über das Leben und den Tod führte. Gerade hatten sie noch beisammen am Tisch gesessen, und schon waren sie für immer getrennt.

Die sowjetischen Touristen waren auf zwei Etagen des kleinen billigen Hotels verteilt. Die Romanowa wußte nicht, in welchem Zimmer Raskolnikow wohnte und beschloß reihum nachzuschauen. Diese Methode dauerte zwar am längsten, war aber die sicherste.

Die Romanowa ging auf den Korridor hinaus. Der Gruppenleiter ging mit einer großen Schachtel in den Händen an ihr vorbei. Im Unterschied zu den anderen hatte er Devisen, und für die hatte er Florentiner Glas gekauft.

Der Gruppenleiter genierte sich, als habe man ihn mit der Hand in einer fremden Tasche erwischt. Die Romanowa genierte sich auch. Es kam ihr so vor, als erriet der Gruppenleiter, warum sie hier stand.

Ihr wurde das Beschämende ihrer Mission bewußt: Zimmer für Zimmer abgehen, um jemanden zu finden. Wieso tat sie das und nicht er?

Sie holte sich den Schlüssel beim Portier und ging in ihr Zimmer im ersten Stock.

Die Betten standen nicht nebeneinander, sondern in verschiedenen Ecken des Zimmers.

Die Romanowa legte sich hin und schloß die Augen, sie zwang sich zu schlafen. Sie wollte so schnell wie möglich diese Nacht überspringen und in einen neuen Tag. Und ihn sehen und sagen ›guten Morgen‹. Und in seine Augen sehen. Und sehen, wie er die Schachfiguren plaziert hatte. Wer war sie jetzt: Königin, Turm oder Bauer?

Sie sah ihn nach dem Frühstück. Es gab sogenannte Croissants, frische knusprige Brötchen, Marmelade, Butter, Käse und aromatischen Kaffee.

Der Bigamist Ljowa war in bester Stimmung. Er scherzte, unterhielt alle, und seine Gutmütigkeit lag über allem wie Zigarettenrauch, sie erfüllte den Raum und wurde von allen eingeatmet.

Raskolnikow hatte sich verändert. Die Romanowa sah das sofort, schon als sie noch in der Tür stand. Er hatte sich von allen entfernt, war in sich hineingekrochen, wie eine Schnecke in ihr Schneckenhaus.

»Grüß dich!« sagte die Romanowa freudig und setzte sich neben ihn. Neben ihm war ein freier Platz. Der Platz war für die Romanowa, und niemand hatte ihn besetzt.

Raskolnikow reagierte nicht auf den Gruß. Er wandte nicht einmal den Kopf. Es gab ihn nicht, obwohl er neben ihr saß. Die Romanowa zog ihn am Ärmel, aber er bewegte sich nicht. Er reagierte weder auf Worte noch auf Gesten.

›Er ist beleidigt‹, dachte die Romanowa. Sie hatte ihn mit der Trennung gequält. Also hatte er sich nach ihr gesehnt. Also war da ein großes Gefühl. Woher sonst diese Verhärtung? Die Romanowa beschloß, das nicht vor den anderen mit ihm zu besprechen, sondern bei passender Gelegenheit. Sie wollte ihm sagen, daß sie genauso gelitten hatte, nicht weniger. Daß sie nicht ohne ihn leben konnte. Daß sie einverstanden war. Womit? Mit allem.

Die Gelegenheit ergab sich im Vatikan.

Im Vatikan gibt es ein Museum. Die Romanowa war Künstlerin. Sie betrachtete nicht nur, sie sah auch etwas. Aber jetzt sah sie nur Raskolnikows Profil. Eine blecherne Stimme teilte über ein Mikrofon mit:

»Wir wollen einen Moment schweigen und in aller Stille das Schaffen eines menschlichen Genius auf uns wirken lassen . . .«

Die Stimme kam irgendwo von oben, wie vom Himmel,

oder aber aus der Hölle, in die die nackten Männer aus dem Gemälde von Michelangelo gefallen waren. Es entstand eine ehrfurchtsvolle Stille.

»Worum geht es?« fragte die Romanowa in die völlige Stille hinein. »Was passiert jetzt?«

Man wandte sich nach ihr um.

»Wir müssen uns trennen«, antwortete Raskolnikow vor sich hinstarrend. »Nach einiger Zeit werde ich dich finden.«

›Nach was für einer Zeit?‹ dachte die Romanowa verstört. Sie konnte keine Minute ohne ihn sein.

»Wieso trennen?«

»Ich habe eine Wahl getroffen.«

»Wozu wählen? Dann hast du eben zwei.«

Sie wollte ihn *ganz. Immer.* Aber wenn das nicht möglich war, dann eben stückweise, in Häppchen. Wie er wollte. Sie würde in der Erwartung leben. Das wäre wenigstens ein Leben. Ohne ihn wäre es kein Leben.

Sie liefen die Treppenaufgänge des Vatikans hinauf. Sie gingen irgendwohin.

»Dann hast du eben zwei«, wiederholte sie, hämmerte ihm diese Idee ein, versuchte sie ihm aufzudrängen.

»Du verstehst nicht«, sagte Raskolnikow ohne anzuhalten und ohne sie anzusehen.

Na gut, sie verstand nicht. Aber was sollte sie denn tun? Sie konnte schließlich nicht direkt hier losheulen, wo es alle sehen könnten. Sie würden es sehen und abends darüber reden.

»Ich möchte nicht, daß du wegen mir Unannehmlichkeiten bekommst.«

Dieser Satz war wie ein Rettungsseil, das einem Ertrinkenden zugeworfen wird. Die Romanowa ergriff es sofort.

»Aber *ich* will!«

Sollte sie doch Schwierigkeiten bekommen: der Bruch mit der Familie, der Verlust des gewohnten Lebens. Aber neben ihm. Unannehmlichkeiten mit *ihm zusammen* waren besser als Annehmlichkeiten ohne ihn.

»Na gut«, sagte Raskolnikow düster. »Du wirst sie bekommen.«

Die Gruppe stieg in den Bus. Der Bus fuhr zur nächsten Besichtigung. Zum Kolosseum.

Die Romanowa ging zum Gruppenleiter.

»Ich habe eine Verabredung mit einer Freundin. Setzen Sie mich bitte am Hotel ab«, bat sie.

»Sie haben sich doch schon einmal mit der Freundin getroffen«, bemerkte die Tante mit den Löckchen.

»Wir haben zu Mittag gegessen. Jetzt gehen wir ein Kleid kaufen«, legte die Romanowa wie eine Schülerin Rechenschaft ab.

»Ist Ihnen ein Kleid wichtiger als die Denkmäler der Antike?«

»Die Freundin ist ihr wichtiger«, sagte der Gruppenleiter trocken. »Gehen Sie nur.«

Der Bus hielt neben dem Hotel.

»Ich fühle mich nicht wohl«, sagte Raskolnikow zum Gruppenleiter. »Ich lege mich hin.«

»Gehen Sie nur, gehen Sie«, erlaubte die Tante.

Sie hatte längst bemerkt, daß Minajew nichts aß, sein Magengeschwür war aufgeplatzt, und vielleicht hatte er einen Magendurchbruch, innere Blutungen, und es müßte sofort eine Operation in einer hiesigen Klinik gemacht werden. Sollte er sich im Hotelzimmer hinlegen, es noch vier Tage hinziehen, bis sie wieder in Moskau waren. In Moskau wäre niemand für ihn verantwortlich, außer der staatlichen Gesundheitsfürsorge. Und das wäre schon nicht mehr ihre Angelegenheit.

»Gehen Sie«, wiederholte die Tante. Sie fürchtete wohl, Minajew könnte es sich anders überlegen und die Besichtigungstour fortsetzen.

Die Bustür ging auf. Raskolnikow stieg als erster aus und gab der Romanowa die Hand.

Der Bus fuhr weiter. Die Touristen sahen ihnen aus den Fenstern nach. Und es kam der Romanowa vor, als wüßten alle, warum sie hiergeblieben waren und was sie jetzt tun würden.

»Es ist mir peinlich«, sagte die Romanowa.

»Vor wem? Wer beunruhigt dich? Die KGB-Frau? Oder der Säufer Jukin?«

Die Romanowa antwortete nicht.

»Gehen wir«, sagte er und nahm sie bei der Hand. »Gehen wir zu mir.«

»Warum zu dir?«

In ihrem Zimmer war sie fast wie zu Hause und fühlte sich sicherer. Aber er führte sie schon zu sich, zum Ende des Korridors. Genau hier hatte sie gestern aufgegeben, vor dieser Tür.

Sie gingen ins Zimmer. Die Decke war hoch. Das Fenster groß. Die Wände weiß. Wie das Krankenzimmer einer Irrenanstalt.

»Laß uns voneinander Abschied nehmen ...«

Also doch Abschied nehmen. Also hatte er doch nicht sie gewählt. Und wollte auch nicht beide haben.

Er umarmte sie, begann ihr Gesicht mit eiligen, oberflächlichen Küssen zu bedecken, als wolle er so viel Fläche wie möglich einnehmen. Er küßte ihr Gesicht, ihre Haare, ihre Schultern, die Hände... Darin lag etwas Nervöses und Seltsames. So küßt man nicht, wenn man erobern will. So küßt man vor dem Selbstmord.

»Was ist los mit dir?« stieß die Romanowa hervor.

»Ich gehe weg.«

»Aus dem Leben?«

»Vielleicht aus dem Leben.«

»Wegen mir?«

»Was hast du damit zu tun? Ich habe eine Wahl getroffen. Ich gehe, um politisches Asyl zu beantragen. In die amerikanische Botschaft.«

Die Romanowa setzte sich aufs Bett. Ihr fiel die Kinnlade herunter.

»Mach den Mund zu«, sagte er und ging zum Schrank.

Er nahm seine Reisetasche vom Schrank und fing an die wichtigsten Sachen hineinzuwerfen. Unter anderem den Reiseführer durch Italien. Deshalb hatte er ihn also mitgenommen. Also hatte er schon in Moskau diese Entscheidung mit sich herumgetragen. Und sie, die Romanowa, hatte wirklich nichts damit zu tun. Das war das Allerbeleidigendste, wie eine Ohrfeige.

Wie zwei Ohrfeigen: rechts und links. Der Verlust und der Verrat. Er hatte nicht zwischen zwei Frauen gewählt, wie sie gedacht hatte, sondern zwischen zwei Ländern.

Und sie, die Romanowa, hatte tatsächlich nichts damit zu tun.

Er zog einen Koffer unter dem Bett hervor, nahm etwas aus dem Koffer und steckte es in die Reisetasche. Im Koffer blieben eine Garnitur Unterwäsche und zwei Flaschen Wodka. Das ließ er aus konspirativen Gründen zurück. Damit er nicht gleich geschnappt würde. Sie würden in seinen Koffer sehen, und der wäre nicht leer. Also käme er zurück. Man verschwindet doch nicht ohne Wodka und ohne seine Unterhosen.

Aus irgendeinem Grunde holten diese herumrutschenden Wodkaflaschen und dieses Wäscheknäuel die Romanowa aus dem Schock wieder in die Realität zurück.

»Na gut«, sagte sie. »Ich habe nichts damit zu tun. Aber es gibt doch andere Menschen. Unsere ganze Gruppe. Jeder hat nur auf dieses, *sein* Italien, hingelebt. Hat eine Riesensumme bezahlt.«

»Ich denke nicht an meinen Sohn, und da soll ich an diesen Bogdanow denken ...«

Er sprach mit harter Stimme. Weil er entschlossen war. Die ganze Zeit hatte er sich gequält, und gestern, in ihrer Abwesenheit, hatte er den Entschluß gefaßt. Die Romanowa verstand, warum er morgens so verhärtet und so abwesend gewesen war. Er hatte alle Verbindungen zu der Gruppe abgebrochen, wie ein Leichnam alle Verbindungen mit dem Leben abbricht. Deshalb wird er starr und entfernt sich.

Raskolnikow lief weg, er beging damit ein Verbrechen. Der Rückweg war ihm abgeschnitten. Sein Weg war eine Einbahnstraße. Wie der Tod.

»Ich habe Angst um dich«, sagte sie. »Wohin willst du denn?«

»Weiß ich nicht. Ich komme schon irgendwo unter. Ich komme ja nicht hierher. Verstehst du? Ich laufe *von dort weg.*«

Die Reisetasche war vollgestopft und zu schwer für seinen leichten Körper.

»Vielleicht soll ich deiner Familie etwas überbringen ... einen Zettel, oder mündlich ...«

»Nicht nötig. Ich finde selbst einen Weg.«

Solche Dinge läßt man nicht überbringen. Man muß selbst anrufen und sagen: ›Ich habe euch verraten, wie Judas Christus verraten hat. Es fällt mir schwer. Und vielleicht hänge ich mich sogar auf. Aber das ändert nichts an der Tatsache, daß ich euch verraten habe.‹

Das war etwas ganz anderes, als wenn die Romanowa anrufen würde und sagen: ›Er hat euch verraten.‹

»Ja dann ...« Er drehte sich um, ging zur Tür. Die Romanowa riß sich innerlich los. Es war, als ob sie in ihrem Inneren die frühere, verliebte und abhängige Person von sich trennte. In ihr kristallisierte sich die höhere Liebe heraus, die frei war von Egoismus – das Selbstlose der Mütterlichkeit. Sie wollte ihn beschützen, nicht für sich selbst. Einfach nur beschützen. Um seiner selbst willen.

Jetzt war er wie ein Kind, das auf dem Fensterbrett im sechzehnten Stock stand. Es weiß nicht, was es tut. Das Fenster ist offen. Es würde einen Schritt tun – und verschwinden. Aber es waren noch ein paar Sekunden Zeit. Die konnte man nutzen.

»Warte!«

Er wandte sich um.

»Jetzt kommt gleich eine Freundin, um mich abzuholen. Sie lebt in Italien. Du kannst dich mit ihr beraten. Vielleicht kann sie dir irgendwie helfen...«

Raskolnikow ließ den Blick zu Boden sinken. Er überlegte. Er kannte diese Freundin schließlich nicht. Vielleicht arbeitete die für den KGB. Er kannte ja auch die Romanowa nicht wirklich. Sie kannten sich nur seit den vier Tagen der Reise.

»Komm!« sagte die Romanowa und stand vom Bett auf. Sie nahm ihn bestimmt bei der Hand und zog ihn hinter sich her auf die Straße. Raskolnikow folgte ihr, auf seinem Gesicht und in seinen Schritten lag der Zweifel.

Das Auto stand schon am Eingang. Hinter dem Steuer saß Mascha. Sie stieg aus und fragte besorgt: »Na, wer kommt denn dermaßen zu spät?«

Es stellte sich heraus, daß es schon halb fünf war. Nicht nur, daß Mascha Geld für ein Kleid für sie ausgeben wollte und bereit war, ihre Zeit an die Suche dieses Kleides zu verschwenden, nun hatte sie auch noch ihre Energie auf das erniedrigende Warten verwandt.

Die Romanowa stieg ein. Raskolnikow ließ sich auf dem Sitz neben ihr nieder. Er saß neben ihr, aber er war weit weg. Wie der Leichnam eines nahen Menschen. Die Romanowa fühlte die Verbindung und die Entfremdung gleichzeitig. Wie etwas Lebendiges mit etwas Nicht-Lebendigem.

»Stell dir das vor!« verkündete die Romanowa aufgeregt. »Er hat beschlossen zu fliehen! Er hat alles bei sich. Er geht weg, um politisches Asyl zu beantragen...«

Für einen Scherz klang das zu grob. Mascha verstand: Das war kein Scherz. Raskolnikow war unangenehm berührt. Er schwieg.

»Mascha«, stellte sie sich vor, als hätte sie den vorhergehenden Satz nicht gehört.

»Leonid Minajew«, stellte sich Raskolnikow düster vor.

Die Romanowa bekam Schüttelfrost. Sie fühlte einen seltsamen Zustand: die Vermischung der Realität mit der Phantasie. Alles vermischte sich wie im Gehirn einer Verrückten.

Mascha parkte das Auto neben einem Café. Geflochtene Plastikstühle und Tischchen standen direkt auf dem Platz.

»Setzt euch«, befahl Mascha, ernst wie eine Lehrerin.

Raskolnikow setzte sich an den Tisch. Mascha war schön, aber sie war ihm fremd. Er brauchte sie nicht. Er war auf dem Weg zu seinem Ziel, und alles andere – Mascha, die Romanowa, das Café, die Gespräche – das waren Hindernisse, die man überwinden mußte.

»Hören Sie mir gut zu«, befahl Mascha.

Raskolnikow hob den Blick und schaute sie ganz ruhig an.

»Nichts passiert einfach so«, fing Mascha voller Überzeugung an. »Also sind Sie nicht zufällig mit Katja in einer Gruppe gelandet. Nicht zufällig hat sie Sie in mein Auto gesetzt. Nicht zufällig sitzen wir hier. Auf diesem Platz. Sie stehen auf der Schwelle, wollen Ihr Leben ändern. Die Vorsehung des Herrn sagt Ihnen durch meinen Mund: *Tun Sie das nicht.*«

»Aber ich will nicht mit den Bolschewiken leben. Ich verachte sie.«

»Dann reisen Sie normal, auf legalem Wege, aus.«

»Und wie? Ich bin kein Jude.«

»Heiraten Sie, und wenn es fiktiv ist. Ich besorge Ihnen eine Ehefrau. Ich verspreche es.«

»Ich will nicht warten und Zeit verlieren. Ich hab's eilig. Ich bin schon dreiunddreißig«, sagte Raskolnikow.

»Und wie wollen Sie Ihr Brot verdienen? Können Sie in einer fremden Sprache schreiben? Können Sie in einer fremden Sprache denken? So begreifen Sie doch: Die russische Sprache ist hier ganz überflüssig.«

»Ich kann Straßenfeger werden.«

»Alle Besen sind schon ausgegeben«, schnitt ihm Mascha das Wort ab, als ob die Ausgabe der Besen von ihr abhinge.

Die Romanowa ließ den Blick erschrocken von einem zum anderen schweifen.

»Und Sie müssen wissen«, fuhr Mascha fort. »Wenn Sie zu den Amerikanern kommen, um politisches Asyl zu beantragen, werden sie Sie ausliefern. Die Botschaftsangehörigen haben eine Abmachung. Ihre Person stellt für die Amerikaner keinerlei Wert dar. Sie werden Sie den Unsrigen ausliefern. Und die setzen Sie ins Flugzeug nach Moskau. Mit Begleitung. An der Gangway des Flugzeugs wird schon die Ambulanz warten – und ab geht's in die Klapsmühle. Das ist alles. So einfach ist das.«

Es entstand eine Pause. Der Romanowa gefror das Blut in den Adern. Sie wollte nichts, weder Liebe, noch Glück, noch den Sieg über die Wostrjakowa; nur daß er nicht in die Klapsmühle kam. Er wurde ja wirklich schon langsam verrückt. Da würde es nicht mehr viel brauchen.

»Lenja!«* flehte die Romanowa. Plötzlich fiel ihr sein Vorname ein. »Lenja, überlegen Sie es sich! Ich schwöre Ihnen, ich sage es niemandem. Und wenn Sie wollen, komme ich überhaupt nicht mehr in Ihre Nähe.«

Die Romanowa hatte selbst nicht bemerkt, daß sie ihn wieder siezte. Dieses ›Sie‹ war wie der Anfang einer Entfremdung. Sie kannten sich kaum. Und wenn es sein mußte, würden sie sich überhaupt nicht mehr kennen.

»Setzen Sie sich allein bei Tisch und im Bus. Überdenken Sie alles gut. Und am letzten Tag entscheiden Sie sich. Wenn Sie wirklich wollen, dann fliehen Sie. Oder Sie bleiben ...«

Der Romanowa schien, daß sie gewinnen würde, wenn sie auf Zeit spielte.

Wenn ein Kind auf dem Rand steht und man hat ein paar Sekunden Zeit, kann man es von hinten packen, es um die Schulter fassen und vom Fensterbrett ziehen. Soll es sich nur erschrecken oder sogar wehtun. Aber es würde überleben.

»Lenja«, die Romanowa suchte seine Pupillen, und durch sie hindurch klopfte sie an der Tür zu seiner Seele an. »Lenja... bitte...«

»Na gut«, sagte Raskolnikow trocken. Er öffnete die Tür zu seiner Seele nicht und sagte das wie von hinter der Tür hervor. »Gut...«

Das war alles.

Die Romanowa atmete die Spannung aus. Sie wurde schlaff.

* Lenja ist ein weiterer Kosename für Leonid.

Mascha bestellte Eis mit frischen Erdbeeren.

Ein kleines Orchester stimmte ein Lied an. Das Orchester bestand aus zwei Instrumenten: eine Mandoline und ein Akkordeon.

Dieses Lied war in Rußland sehr bekannt. Aber auf italienisch klang es anders, und man fühlte, daß sich die italienischen Worte harmonisch mit der Melodie verflochten, und die russischen Worte harmonierten nicht mit ihr.

Die Romanowa saß da wie nach einer Geburt, nach Schmerz und Gefahr. Sie nahm das Lied in sich auf, und das Lied drang bis in ihre Knochen und hallte dort nach. Die Künstlerin in ihr meldete sich. Unabhängig vom Willen der Romanowa begann ihre Vorstellungskraft zu arbeiten, in Gedanken skizzierte sie etwas auf der Leinwand: zwei Musikanten mit schwarzen Schnurrbärten, das Quadrat des Akkordeons, die Münder in Form eines o, das Profil eines Menschen, dessen Haare wie Flügel abstanden.

Gut zeichnen kann man nur das, was durch einen hindurch gegangen ist. Durchschuß.

»Mein Gott…« seufzte die Romanowa. »Das muß ich einmal zeichnen…«

»Alle seid ihr so… Egoisten, Luder«, resümierte Mascha unerwartet. »Das Allerwertvollste werft ihr ins Feuer.«

Die Romanowa erriet: ›Ihr‹ – das war Antonio. Ihr Mann. Der Journalist. Er setzte sich über alles hinweg, im Namen seines Berufs.

»Aber wir tun es doch nicht für uns«, sagte die Romanowa. »Wir lassen das Feuer für die anderen Menschen brennen. Damit sie sich daran wärmen.«

»Das ist genau dasselbe wie für euch selbst. Die anderen Menschen sind euch doch völlig egal.«

Mascha war auch unzufrieden mit dem Leben, aber sie verheimlichte das vor ihren Landsleuten. Niemand war glücklich. Nirgends.

»Bis wann sind die Geschäfte geöffnet?« nahm die Romanowa den Faden wieder auf.

Mascha sah auf die Uhr.

»Wir haben noch eine halbe Stunde Zeit.«

»Kommst du mit?« wandte sich die Romanowa an Raskolnikow.

»Nein. Ich mag keine Geschäfte. Ich warte hier.«

»Wir sind gleich wieder da. Nur hin und zurück. Sonst krieg ich wegen deinem Hin und Her kein Kleid.«

Er schwieg.

›Er ist beleidigt‹, dachte die Romanowa. ›Ach, hol ihn der Teufel.‹

Sie hatten nur noch wenig Zeit, die Nerven waren angespannt, deshalb beeilten sich Mascha und die Romanowa. Sie waren nervös, probierten an, zogen wieder aus, probierten wieder an und zogen krampfhaft ein Kleid nach dem anderen über den Kopf. Der Laden war klein, die Umkleidekabine war eng, und es endete damit, daß sie ein teures Kleid kauften, teurer als Mascha geplant hatte. Davon wurde ihre Stimmung schlechter. Und als sie aus dem Laden kamen, schwiegen beide, sie verdauten den zweiten Schock des heutigen Tages.

Mascha verdiente kein eigenes Geld, also hatte sie das Geld ihrem Mann aus der Tasche gezogen, und somit war sie ihm Rechenschaft schuldig. Antonio war so geldgierig, daß einem schlecht werden konnte, und es würde eine Woche dauern, bis alles wieder im Lot war.

»Ich bringe deiner Mutter in Moskau russisches Geld«, sagte die Romanowa.

Sie schritt in dem neuen Kleid daher, es war fast das gleiche wie das der Besitzerin des Restaurants, das alte trug sie in einer Plastiktüte. Sie wollte Raskolnikow beeindrukken. Er würde sie in dem neuen Kleid sehen und sagen: ›Ich wollte mich nicht in dich verlieben, das gehörte nicht zu meinem Plan. Aber ich habe mich verliebt. Und deswegen bleibe ich. Ich bleibe nur wegen dir ...‹

Mascha dachte mit Befriedigung daran, daß das Geld ja nicht verloren war, daß sie indirekt ihrer Mutter ein Geschenk gemacht hatte und das Kapital nur verschoben worden war. Sie mußte ihre Mutter doch unterstützen, die im Sozialismus mit all seiner Mangelwirtschaft lebte, oder einfacher gesagt: in Armut. Aber Antonio war völlig egal, wohin das Geld ging: an ihre Freundin oder an ihre Mutter. Das Geld ging *von ihm fort* und winkte ihm zum Abschied zu.

»Was denkst du? Ob er schon geflohen ist?« hatte die Romanowa einen Anflug von Verdacht.

»Ach wo. Der ist viel zu feig.«

»Wieso?« wunderte sich die Romanowa. In ein fremdes Land fliehen, das war eine fast heldenhafte Tat.

»Wenn er beschlossen hat, zu fliehen, warum sagt er es dann dir? Warum zieht er dich da mit rein?«

»Wie meinst du das?«

»Na, weil er es nicht allein tragen kann. Es ist eine Belastung. Zu zweit trägt es sich leichter.«

Mascha schwieg einen Moment, dann fügte sie hinzu: »Alle sind sie Egoisten und Mistkerle.«

Sie traten auf den Platz. Raskolnikow war nicht da.

»Er ist weg«, sagte die Romanowa. In ihr brach alles zusammen.

»Er ist im Hotel«, sagte Mascha überzeugt. »Hat sich schlafen gelegt.«

Über den Platz spazierten Tauben. Inder verkauften ihre Produkte, die direkt auf dem Asphalt lagen: Tücher, Glasperlen, Figuren aus Sandelholz.

Zwischen den Leuten und den Tüchern ging ein Rauschgiftsüchtiger umher, inhalierte gierig den Rauch seines selbstangebauten Krautes. Er trug einen Ledermantel auf dem nackten Körper. Er hatte lange blonde Haare und war Raskolnikow entfernt ähnlich, aber schöner, kräftiger. Ein hübscher Kerl.

›Wo ist seine Mutter?‹ dachte die Romanowa. Alle herumirrenden Menschen kamen ihr wie Kinder vor.

»Ich gehe ins Hotel zurück«, entschloß sich die Romanowa.

»Laß uns Abendessen gehen«, schlug Mascha vor. »Ob du jetzt zurückgehst oder nicht, das ändert nichts.«

Bogdanow saß auf seinem Bett und betrachtete das Buch, das er heute ergattert hatte. Berdjajew. Berdjajew sah ihm vom Umschlag her entgegen: Ein Beret, ein Spitzbart und ein besonderer Ausdruck, der auf den Gesichtern der Zeitgenossen nicht zu finden war. Die heutigen Gesichter drückten alles mögliche aus – nur keinen Frieden.

Da erschien auch schon ein solches Gesicht: Katja Romanowa. Sie stürzte herein, als wären vierzig Hunde hinter ihr her.

Katja sah auf das leere Bett Raskolnikows, auf den Koffer – er war leicht eingedrückt, genau so, wie er verlassen worden war. Also war Raskolnikow nicht zurückgekehrt.

»Verzeihen Sie ... Wo ist Lenja?«

»Ist er denn nicht bei Ihnen?« fragte Bogdanow naiv. »Ich dachte, Sie beide seien unzertrennlich ...«

Sie sah aus, als ob die Hunde sie eingeholt und in Stücke gerissen hätten. Die Romanowa ging nach oben in ihr Zimmer, in ihren ersten Stock. Sie zog das neue Kleid aus, legte sich ins Bett. Ihre Hände und Füße wurden zu Eis.

Nadja Kostina packte ihren Koffer. Morgen früh ging es weiter in eine andere Stadt. ›Wohin fahren wir?‹ versuchte sich die Romanowa in Erinnerung zu rufen. Sie bekam Kopfweh. ›Nach Neapel wohl, oder vielleicht auch nicht.‹ Jetzt war sowieso alles egal. *Ihre* Reise war zu Ende.

Der russische Winter. Ein steiler Abhang. Die Romanowa fuhr auf einem Kinderschlitten den Hügel hinunter. Der Schlitten fuhr schnell. Sie war außer sich vor Entzücken. Und plötzlich sah sie deutlich ein Eisloch mit grünlichem Wasser vor sich. Die Kufen waren genau auf das Eisloch gerichtet. Man konnte nichts tun. Jetzt würde sie ertrinken. Das Bewußtsein des Todes, ein paar Sekunden vor dem Tod ...

Das Telefon klingelte. Die Romanowa nahm ab. Kein Eisloch. Ein Hotelzimmer. Rom. Italien. Raskolnikow war geflohen.

»Jaaa...« sagte die Romanowa in den Hörer.

»Katja, entschuldigen Sie.« Sie erkannte die Stimme des Gruppenleiters. »Lenja Minajew wird vermißt. Sie sind die letzte, die ihn gesehen hat...«

Der Gruppenleiter wartete, daß sie sprechen würde, aber die Romanowa schwieg. Sie wartete ab. Ja, sie war die letzte gewesen. Na und?

»Wissen Sie nicht, wohin er gegangen ist, vom Hotel aus? Hat er Ihnen nichts gesagt?«

»Er hat gesagt, daß er eine Schreibmaschine kaufen will«, log die Romanowa.

»Ja... er hatte Geld...«

»Ich habe mich mit einer Freundin getroffen. Wir haben ein Kleid gekauft. Dann haben wir in einem Restaurant gesessen.«

Die Romanowa ertappte sich dabei, daß sie sich rechtfertigte.

»Wir haben Fisch gegessen...«

»Ja, ja, danke«, sagte der Gruppenleiter. Was die Romanowa gemacht hatte – was sie gegessen und getrunken hatte – das alles interessierte nicht. Sie interessierte ihn nur als Teil des Paares mit Minajew, nicht als selbständige Person.

»Gute Nacht«, verabschiedete sich der Gruppenleiter.

Die Romanowa legte den Hörer auf. Es war vier Uhr morgens. Und der Gruppenleiter wußte noch nicht Bescheid. Dann wußte die Botschaft auch noch nichts, sonst hätten sie es schon weitergeleitet. Also hatte man ihn nicht geschnappt. *Er war geflohen.*

»Wer hat angerufen?« fragte Nadja Kostina.

»Sie suchen Minajew. Er ist nicht ins Hotel zurückgekehrt.«

»Der wird in ein Puff gegangen sein«, sagte Nadja bestimmt. »Er hatte Geld, im Gegensatz zu uns.«

»Und woher hatte er das?«

»In Italien wird ein Stück von ihm gespielt. Und in Frankreich auch.«

»Was für ein Stück?« fragte die Romanowa hastig.

»Irgend so ein... so was Avantgardistisches...«

»Und, ist es etwas Besonderes?«

»Keine Ahnung, ob es etwas Besonderes ist oder nicht... Aber er ist ein interessanter Kerl, mit einem verdrehten Hirn. Und nicht nur das...«

»Was meinst du?«

»Wegen dem hat sich Ninka Schazkaja die Venen aufgeschnitten.«

»Die Wostrjakowa«, korrigierte die Romanowa.

»Nein. Die Wostrjakowa ist schwanger von ihm. Ninka – das ist eine andere Geschichte. Auf dem hocken die Weiber wie die Fliegen auf einem Leichnam.«

»Und wen hat er geliebt?« fragte die Romanowa.

»Gar niemanden. Sich selbst. Für den sind Menschen bloß Abfall. Und überhaupt sind alle Männer Verräter und Nutten«, sagte Nadja resümierend.

Am Morgen wurde alles zur Gewißheit.

Um sechs Uhr – Ortszeit Rom – wurde der Gruppenleiter der Delegation telefonisch in die sowjetische Botschaft gerufen, und jemand im Range eines Generals schrie ihn dermaßen an, daß ihm die Stimme versagte.

Der General kannte sich in der Malerei nicht aus. Es war ihm völlig egal, wer der Gruppenleiter war: ein Volkskünstler, ein mit Auszeichnungen geehrter Mann, der Stolz einer kleinen Nation... Für den General zählte nur, daß er nicht aufgepaßt hatte.

Der Gruppenleiter wurde zaghaft. Seit wenigstens dreißig Jahren hatte ihn niemand mehr angeschrien; er war nur geehrt worden, und man hatte ihm viele Orden verliehen.

Er kehrte bleich ins Hotel zurück und schluckte den ganzen Morgen Validol-Tabletten. Von Schlaf konnte keine Rede sein. ›Was für ein Mistkerl‹, dachte der Gruppenleiter. Es war unklar, wen er meinte: den General oder Minajew – wahrscheinlich beide.

Um neun Uhr fuhr der Bus nach Neapel ab.

Der Gruppenleiter stieg in den Bus und gab das Geschehen bekannt. Er sprach feierlich wie bei einer Totenmesse. Die Romanowa hörte nicht, wie er es formulierte. Sie stieg in den Bus, als gerade völliges Schweigen herrschte. Nur die Alte sagte: »Was für ein Luder...«

Aber das bezog sich nicht auf die Romanowa, sondern auf Minajew. Die Romanowa setzte sich auf den üblichen Platz, in der dritten Reihe von hinten. Sie sah hinaus.

»In seinem Koffer sind noch zwei Flaschen Wodka«, informierte Bogdanow.

»Geben Sie sie her«, sagte der Gruppenleiter schnell. »Wir geben sie dem Busfahrer. Als Souvenir.«

Der Gruppenleiter hatte sich schon an die neue Situation gewöhnt. Die Touristenreise ging weiter.

Der Bus fuhr los. Sie sprachen wenig. Jeder war mit seinen eigenen Gedanken beschäftigt.

Die Romanowa dachte daran, daß Raskolnikows Magengeschwür aufgebrochen war, daß er nur Gedämpftes und Ungesalzenes essen durfte. Aber wer würde etwas für ihn dämpfen? Wer würde ihm etwas zu essen geben? Wer brauchte ihn? Das Geschwür könnte zu einem Magendurchbruch führen, er würde mitten auf der Straße umfallen. Die Italiener würden um ihn herumgehen, würden denken, daß er rauschgiftsüchtig wäre...

Nadja Kostina dachte: Wenn sie nicht ihre gelähmte Mutter hätte, wäre sie ebenfalls auf und davon... Hier hatten die sexuellen Minderheiten ihre Clubs und Cafés. Sie könnte ganz normal eine Partnerin wählen, und müßte sich nicht wie ein weißer Rabe vorkommen.

Lascha hob und senkte die Brauen. Er begriff nicht: Wie kann man so verantwortungslos sein? Seine Verwandten im Stich lassen, Vater, Mutter, Kinder – und nicht nur im Stich lassen, sondern sie auf einen rostigen Nagel werfen*. Wer würde solche Kinder zum Studium zulassen? Wer würde solchen Ehefrauen eine Arbeitsstelle geben? Sollte Minajew auch ein Haus aus weißem Marmor haben, die Lampe, von der er träumte, und sogar so eine Frau wie auf den Reklamefotos. Aber er, Lascha, würde auf all das verzichten, wenn er wüßte, daß seine Mutter und seine Kinder derweil zu Hause an den Tränen erstickten...

Michailow rief sich ins Gedächtnis, daß Minajew drei-

* Bei Republikflucht eines Familienangehörigen hatte die ganze Familie beträchtliche gesellschaftliche Nachteile zu befürchten.

unddreißig war. Und er, Michailow, war achtundvierzig. Ein Plus von fünfzehn. Und genau dieses Plus von fünfzehn Jahren entschied die ganze Sache. Es war zu spät. Sein Zug war abgefahren. Er mußte sein Leben zu Ende leben, so wie er es lebte. Sich mit dem zufriedengeben, was ihm gegeben war.

Der Bigamist Ljowa beneidete Minajew. Nicht, weil er geflohen war, sondern weil er zu so einer Tat fähig war. Fähig zum Risiko. ›Wer nicht wagt, der nicht gewinnt.‹ Er, Ljowa, war zu so etwas nicht fähig. Und deshalb trat er auf der Stelle, es zog ihn tiefer und tiefer nach unten, und bald würde der Sumpf über seinem Scheitel schmatzend zusammenschlagen.

Der alten Frau war Minajew völlig egal. Aber die Folgen waren ihr nicht egal. Man könnte die Gruppe wegen mangelnder Wachsamkeit bestrafen, und ihr eine weitere Reise nicht mehr genehmigen.

»Was für ein Luder«, wiederholte die Alte. Und es war unklar, wen sie meinte.

Jukin dachte an gar nichts. Er wollte schlafen und legte seinen Kopf auf Stellas Schulter.

Und Stella überlegte sich, wie das wäre, wenn sie Geld hätte; wenn sie mit Jukin abhauen würde und ihn in einem Haus mit Schwimmbad lieben würde; schöne Kinder gebären; die Kinder hätten ein Kindermädchen; zum Essen gäbe es solche Früchte wie Avocado, Guave, Kiwi und Papaya. Und zehn Monate im Jahr würde die Sonne scheinen.

Auf Stellas Gesicht erschien ein zartes, verträumtes Lächeln, das ihr sehr gut stand.

Der Bus hielt an einer Tankstelle. Alle stiegen aus, um sich ein bißchen die Beine zu vertreten.

»Ich habe gewußt, daß er Westgeld hat«, sagte die ›Stimmungsmacherin‹ aufgeregt, »aber er hat sich die ganze Zeit neben der Romanowa rumgedrückt, da dachte ich, die wird ihn schon wachrütteln . . .«

Die Romanowa ging weg. Sie fand es widerwärtig, wie ihr zartes, reines, lebendiges Gefühl von schmutzigen Händen berührt wurde. Es tat ihr leid um ihr Gefühl, wie um ein Neugeborenes, das man ausgesetzt hat. Und es lebte doch schon, war schon ein ganzer Mensch.

Die Romanowa wühlte sich in ihre Sehnsucht hinein. Sie ließ sich auf den Grund sinken. Um sie herum war ein großes Nichts, und sie erinnerte sich nur noch schemenhaft. Der Bus fuhr weiter und hielt ab und zu an; irgendwo stiegen sie aus und besichtigten etwas.

Dann kam das Meer. Ein Strand. Alle warfen sich in die Fluten, um zu schwimmen.

Die Romanowa lag am Strand im Mantel, mit geschlossenen Augen. Es roch nach Teerrückständen. Sie lag neben einer Art Garage. Als sie aufstand, sah sie, daß ihr Mantel voller Teerflecke war.

Aus den Wellen stieg die große weiße Stella. Neben ihr Jukin – voller Wassertropfen und mit großen grünen Augen. Er nahm sie auf die Arme und trug sie noch einmal ins Meer, warf sie dort ab wie eine Last. Sie waren jung, glücklich und verheimlichten weder das eine noch das andere; noch das dritte.

Nach dem, was mit Raskolnikow-Minajew passiert war, verheimlichte niemand nichts mehr. Es war, als ob sie alle Begrenzungen und Verbote abgeschüttelt hätten. Der Bazillus des Alles-ist-erlaubt hatte sie infiziert. Mit der Gruppe war etwas geschehen. Alle schlugen über die Stränge.

Die strengen Museumsdamen suchten sich einen Kavalier aus – und, wie im Krieg, waren alle Mittel erlaubt. Man lebt nur einmal. Die verkappten Alkoholiker – enttarnten sich. Die Korken knallten. Es wurden Gelage am hellichten Tage gefeiert. Die Gruppe sowjetischer Touristen verwandelte sich in ein Zigeunerlager.

Die Romanowa nahm an nichts teil. Sie hatte Sehnsucht. Einmal ließ sie sich von ihrem Schmerz ablenken und fand sich auf einem Boot wieder. Die Gruppe fuhr nach Capri. Jukin trug einen großen Kranz aus Tannenzweigen und frischen roten Nelken.

»Was ist das?« fragte die Romanowa.

»Um ihn auf das Grab zu legen.«

»Wessen Grab?«

»Gorkis natürlich...«

Auf dem Programm stand eine Kranzniederlegung.

Jukin war betrunken und wollte sich dauernd auf dem Kranz niederlassen. Und schließlich schaffte er das auch. Und schlief ein. Nadja Kostina streckte sich neben ihm aus.

Die Italiener drohten ihnen mit dem Finger und sagten nur ein Wort: »To-wa-risch-tschi...«

Am Ufer tauchte das Gorkidenkmal auf. Gorkis Profil war in eine weiße Säule eingemeißelt, und er sah sich wenig ähnlich. Vielleicht hatte man dem hiesigen Bildhauer nur ein mündliches Portrait gegeben: ›Profil, Schnauzbart‹.

Als sie aus dem Boot ausstiegen, reichte Bogdanow der Romanowa die Hand.

»Gib ihr nicht die Hand«, warnte der Bigamist. »Sonst bleibst du auch noch hier...«

»Wieso?« fragte Bogdanow verständnislos.

»Was glaubst du denn, warum Minajew geflohen ist?«

»Warum denn?«

»Er hat sich verliebt und ist abgehauen.«

»Wenn er sich verliebt hätte, wäre er *nicht* abgehauen«, sagte Nadja Kostina. »Oder er hätte sie wenigstens vorgewarnt: ›Bitte warte nicht auf mich.‹«

»Vielleicht hat er mich ja vorgewarnt«, sagte die Romanowa, die es nicht länger aushalten konnte.

Die Eigenliebe hatte über den gesunden Menschenverstand gesiegt.

Lascha machte runde Augen.

»Und wieso hast du es uns dann nicht gesagt?«

»Ihr wart alle auf einer Besichtigung. Wie sollte ich euch da was sagen?«

»Trotzdem. Sie hätten Meldung machen müssen«, sagte die alte Frau in rechthaberischem Ton.

Der Romanowa ging auf, daß sie etwas völlig Unüberlegtes getan hatte. Aber ein Wort ist kein Spatz, den man wieder einfangen kann, wie das Sprichwort sagt. Es war schon auf und davon geflogen und gewann an Höhe.

Die Romanowa spürte einen dumpfen Schmerz in der Herzgrube, gerade so, als hätte sie jemand auf dem Schlitten den Berg hinunter gestoßen, und sie fuhr abwärts. Wohin? Weiß der Teufel. Vielleicht dorthin, wo am Ende das Eisloch mit dem grünlichen Wasser war...

Nun mischte sich das Gefühl des Schmerzes mit dem der Angst.

Die Romanowa stellte sich vor, daß man es dem Gruppenleiter auseinanderlegen würde. Vielleicht hatte man das schon getan. Es wäre besser, wenn er alles von ihr selbst erführe.

Die Romanowa ging zum Gruppenleiter und berührte seinen Ärmel.

»Ich muß mit Ihnen sprechen...«

Und sie erzählte ihm alles von Anfang bis Ende, einschließlich des heruntergefallenen Kiefers, der Freundin Mascha, der Vorsehung des Herrn, dem Austeilen der Besen, der zwei Musikanten und dem Rauschgiftsüchtigen.

Die Romanowa redete und redete, und sie fühlte, wie die aus ihr fließenden Worte nicht nur ihre Seele erleichterten, sondern auch ihren Körper. Vorher hatte sie sich so schwer gefühlt, als habe sie einen Stein verschluckt. Und jetzt zerbröckelte dieser Stein zu Sand.

Die Romanowa hatte zu Ende erzählt. Der Gruppenleiter schwieg. Dann fragte er: »Haben Sie das schon jemandem erzählt?«

»Ja.«

»Wem?«

»Allen.«

»Tja, dann...«

Der Pfad wand sich steil bergauf. Das Gehen fiel einem schwer.

»Habe ich mich schuldig gemacht, daß ich nicht vorgewarnt habe?« fragte die Romanowa direkt.

»Wieso? Vorwarnen – das ist doch nicht Ihre Aufgabe. Sie sind Touristin. Ihre Aufgabe ist: etwas sehen und kennenlernen. Und nicht vorwarnen.«

»Ja, genau«, freute sich die Romanowa.

Der Leiter blieb stehen. Er sah sich nach allen Seiten um. Sie standen auf einem hoch gelegenen Hügel. Unten schäumte das Meer seitwärts auf, und man konnte an dieser Stelle sehen, daß die Erde rund war.

»Im Jahre siebenunddreißig haben sie mich verhaftet«, sagte der Gruppenleiter. »Ich saß mit einem Kriminellen in einer Zelle. Er hat mich etwas gelehrt: Das, was du nicht selbst erzählst, wird der Staatsanwalt nie erfahren. Alles, was er erfahren kann, kann er nur von dir erfahren.«

Der Gruppenleiter gab ihr damit den Rat: Schweig!

»Wird man mich verhaften?« fragte die Romanowa leise.

»Vielleicht ja, vielleicht nein; aber auf alle Fälle können sie Ihnen die Luft abdrücken.«

Die Luft abdrücken – das hieß, daß man ihr keine Arbeit geben würde. Nichts mehr von ihr veröffentlichen würde. Sie vergessen. Es war einmal eine Künstlerin – und ist nicht mehr.

Genau davor hatte Raskolnikow sie gewarnt, als er fortging: ›Ich will nicht, daß du wegen mir Schwierigkeiten bekommst‹.

›Aber ich will.‹

›Du wirst sie haben‹.

Jetzt konnte man sagen: Sie hatte sie.

Rom. Der letzte Tag.

»Na?« fragte Mascha.

»Er ist geflohen ...«

»So... Hast du's jemandem erzählt?«

»Ja«, antwortete die Romanowa mit ersterbender Stimme.

»Hast du auch von mir erzählt?«

»Ja. Auch von dir.«

Stille trat ein. Die Romanowa dachte, daß die Telefonleitung unterbrochen wäre und blies in den Hörer.

»Hör auf, in den Hörer zu blasen. Ich bin noch da«, ließ Mascha vernehmen. »Kapierst du denn nicht, daß sie mich jetzt nicht mehr nach Moskau lassen, zu meiner Mutter?«

Die Romanowa schwieg schuldbewußt.

Wenn man es richtig betrachtete, dann war es so: Jemand wollte in einem fremden Land arbeiten und leben. Wieso konnte Gogol acht Jahre in Italien leben? Und Lenin hatte sich schließlich die Revolution in der Schweiz ausgedacht. Wieso durften die das? Und Raskolnikow nicht? Wieso mußte er ausreißen, als spränge er aus dem fünften Stock? Und warum mußten alle das auslöffeln?

»Wieso? Was hast du denn damit zu tun?« fragte die Romanowa.

»Ich hab damit zu tun, weil ich es hätte melden müssen. Und ich hab's nicht gemeldet«, antwortete Mascha.

»Und wieso müssen wir alle Spitzel sein? Haben sie denn keine eigenen Leute dafür? Warum müssen wir uns alle auch noch gegenseitig bespitzeln?«

»Sag mal, wo lebst du denn eigentlich?« fragte Mascha.

Dieselbe Frage hatte Raskolnikow auch schon gestellt.

Was sollte sie darauf antworten? Warum mußte sie bis nach Italien reisen, um zu sehen, wo sie lebte? Wieso war den andern alles klar gewesen und ihr nicht?

»Ich hasse mich«, sagte die Romanowa.

»Ich dich auch«, sagte Mascha, ohne sie zu schonen. Sie legte den Hörer auf.

Die Romanowa legte sich aufs Bett und fing an zu weinen. Die Italienreise war zu Ende.

Am Flughafen Scheremetjewo hielten alle nach ihren Freunden und Verwandten Ausschau.

Stella wurde von dem Großen Schlechten Künstler abgeholt. Jukin sah weg, wie irgendein Fremder.

Für den Gruppenleiter hatte man ein Auto geschickt.

»Wenn Sie wollen, kann ich Sie heimfahren lasssen«, schlug er der Romanowa vor.

»Nein, danke. Ich nehme ein Taxi.«

Die Romanowa wollte allein bleiben. Sie wollte so schnell wie möglich Italien von sich abwaschen, so wie man etwas von einem Mantel abwäscht.

Nina wartete auf sie. Man sah schon von weitem, daß sie sich nur recht und schlecht ernährt hatte in diesen acht Tagen.

»Hast du abgenommen?« erriet die Romanowa.

»Ja. Anderthalb Kilo.«

Nina kämpfte die ganze Zeit mit ihrem Gewicht, obwohl gar kein Gewicht da war. Sie bestand nur aus Armen und Beinen.

Die Museumsdamen wurden von ihren wohlerzogenen Familien umringt.

Und Bogdanow wurde aufgehalten. Neben der ›Stimmungsmacherin‹ stand ein grau gekleideter Herr und stellte Fragen. Offensichtlich hatte er den Flug abgepaßt. Bogdanow hatte in einem Zimmer mit Minajew gewohnt, und vom Standpunkt des Grauen aus betrachtet, trug er die Hauptverantwortung. Er konnte mehr wissen als die anderen. Und das mußte nachgeprüft werden.

Als die Romanowa und Nina an ihnen vorbeigingen, sagte die Tante dem Grauen etwas im Flüsterton. Der warf einen Seitenblick auf die Romanowa und sah dann wieder weg. Aber die Romanowa spürte fast körperlich, wie er ihr hinterhersah.

»Die bringen mich ins Gefängnis«, sagte sie zu Nina.

Nina kicherte leichthin, ihre Zähne blitzten. Sie fand das zum Lachen.

Der Gruppenleiter sah Nina zärtlich an und sagte: »Sie haben so eine Tochter, und da fürchten Sie sich...«

Was hatte denn die Tochter damit zu tun... Was für eine Verbindung hatte das... Wie viele von den Verhafteten von *damals* hatten auch schöne Töchter gehabt...

Leidenschaft und Angst sind starke Gefühle. Wie kochendes Wasser. Ein Mensch kann nicht in kochendem Wasser leben. Das Leben diktiert seine Bedingungen. Und auch die Rechte und Pflichten. Zu den Pflichten gehörte es, Nina hinaus auf die Datscha zu bringen.

Die frühere Dekoration – Venedig, Florenz, Rom – hatte sich in das Dorf Schukowa verwandelt, mit dem Hund Tschunja, dem man aus irgendeinem Grund den Nachnamen des Besitzers gab: Tschunja Volodarskij.

Das Leben ist ein Theater. Wenn sich die Dekoration ändert, dann ändert sich auch die Dramaturgie. Es wurde ein anderes Sujet dargestellt: Frühstück, Mittagessen, Abendessen, abgewaschene Teller, und in den Pausen dazwischen – die Arbeit.

Im Herzen blieb eine tiefe Furche. Diese Furche würde die Romanowa auf die Leinwand bringen. Alles ins Feuer! Was sollte sie auch tun? Sie hatte sich verliebt. War völlig verrückt gewesen. Das war unnötig gewesen. Wie sollte sie das alles in sich unterbringen? In welchen inneren Regalen? Auf ein Brett die Leidenschaft. Auf ein anderes die Angst. Auf ein drittes die Beleidigung.

Sich die Seele mit Regalen vollstellen ... War es nicht besser, alles auf die Leinwand zu werfen: die Leidenschaft und die Sehnsucht und seinen leichten Atem ...

Die Romanowa hatte ihren Lieblingsplatz am Rande des Dorfes gefunden: Die Biegung eines Flusses, eine Weide neigte sich tief herab, fast – aber nur fast – fiel sie. Sie spiegelte sich im Wasser samt dem Stamm. Die Stämme – der echte und der widergespiegelte, waren wie zwei Beine. Eine verlassene Frau mit nackten Beinen.

Die Romanowa wartete auf den Bruch des Tageslichtes, des Wassers und der Luft. Das Wichtigste war die Beleuchtung. Ein Bein auf der Erde, in den Wurzeln. Das andere unsicher schwankend. Es war nicht real. Der Mensch und seine Träumereien. Das Dorf Schukowa und Venedig. Ihr Mann und Raskolnikow. Die eine Romanowa und die andere Romanowa.

Das Leben ist ein Trümmerhaufen. Nur die Kunst versöhnt den Menschen mit dem Leben.

Der Herbst kam.

Nina ging in die Abschlußklasse. Man mußte Lehrer für sie engagieren, die ihr Nachhilfe geben würden.

Ihr Mann war zu seinem Atomprojekt gefahren. Er hatte eine Atombombe gezündet und kam mit einer dikken Prämie nach Hause. Er hatte die Macht seines Landes und die seiner Familie gestärkt. Die richtige Beschäftigung für einen echten Mann.

Schurka schlug vor, ein neues Buch über Ritter zu machen. Die Romanowa zeichnete die Ritter wie Ameisen: schmal, mit Körpern wie ein Stöckchen, ein Pünktchen als Kopf. Und einem großen Speer.

»Das sind doch keine Ritter«, sagte Schurka. »Das sind Piraten.«

»Wo ist da der Unterschied?« äußerte die Romanowa. »Das ist doch dasselbe.«

»Sie haben verschiedene Ziele: Die Piraten rauben etwas, und die Ritter verteidigen etwas.«

»Die Ziele sind verschieden, aber die Taten sind dieselben. Sie fuchteln mit ihren Speeren und durchbohren einen anderen.«

»Ja?« Schurka überlegte, den Kopf auf die Faust gestützt.

Das Telefon klingelte.

»Hier spricht Major Popowitsch«, stellte sich die Stimme vor.

»Der Astronaut?« wunderte sich die Romanowa.

»KGB.«

»Können Sie bei uns vorbeikommen?« fragte der Major.

»Wann?«

»Je eher, desto besser. Zum Beispiel heute. Um vier.«

›Nach dem Mittagessen‹, dachte die Romanowa. ›Er ißt zu Mittag, und dann buchtet er mich ein.‹

»Ich erwarte Sie.«

»Soll ich die Zahnbürste mitbringen?«

»Na hören Sie, was sind denn das für Späße . . .« wies sie der Major streng zurecht. »Ich werde Ihnen einen Passierschein ausstellen lassen.«

Er legte auf.

»Ich hab Angst«, sagte die Romanowa und sah Schurka erschreckt an. »Ich habe gedacht, das wäre längst abgeschlossen. Aber es geht erst richtig los.«

»Wenn du willst, geh ich mit dir . . .« sagte Schurka selbstlos.

»Ja, ich will.«

Ein Haus im Zentrum der Stadt. Ein hellblaues Herrenhaus. Wer wohl früher hier gelebt hatte?

Major Popowitsch stand auf der Vortreppe des Hauses und sah angespannt vor sich hin. Er war weißlich wie ein Champignon, mit einer Entennase; für einen Major war er ziemlich jung und bewegte sich rasch.

Die Romanowa näherte sich ihm mit federndem Schritt, wobei sie sich an Schurkas Ellbogen festhielt.

Schurka hatte sich zwei Tage nicht rasiert; die herausgewachsenen Stoppeln sahen bläulich aus. Eine Strickmütze reichte ihm bis auf die Augenbrauen. Er sah schlimmer aus als ein Wegelagerer.

»Sind Sie Popowitsch?« fragte die Romanowa. »Ich bin die Romanowa.«

Popowitsch sah verständnislos auf Schurka, als wolle er fragen: ›Und wo kommt der her?‹

»Wissen Sie, ich bin eifersüchtig. Ich lasse sie nirgends allein hin«, erklärte Schurka.

Der Major machte ein steinernes Gesicht und sagte: »In mein Sprechzimmer lasse ich Sie aber nicht. Warten Sie hier.«

»Dauert es lange?«

»Eine halbe Stunde«, sagte der Major trocken.

»Na gut«, willigte Schurka ein. Er war bereit, die Romanowa dem Major für eine halbe Stunde anzuvertrauen. Aber nicht für länger.

Popowitsch ging ins Haus. Er schritt den Korridor entlang. Die Romanowa trippelte hinterher.

»Konnten Sie nicht allein kommen?« flüsterte Popowitsch in familiärem Ton.

»Wir machen zusammen ein Buch. Ein Kinderbuch. Er schreibt die Verse, und ich zeichne.«

Die Romanowa hatte somit angedeutet, daß sie ein friedlicher Mensch war, ungefährlich für das Land, und daß man sie zum Wohle der Kinderliteratur so bald als möglich gehen lassen sollte.

Sie betraten ein kleines Büro. Ein Tisch. Ein Safe. Staub. Für eine Künstlerin nichts Interessantes.

»Nun?« fragte der Major.

»Was?«

»Erzählen Sie.«

»Wovon?«

»Von Ihrer Italienreise.«

»Was gibt's da zu erzählen? Unsere Gruppe fuhr hin.

Alle kamen zurück, außer einem, der geflohen ist. Minajew, heißt er wohl...«

»Haben Sie ihn schon vorher gekannt?«

»Nein. Wir haben uns direkt vor der Abreise kennengelernt. Am Flughafen.«

»Aber ich habe einen Hinweis bekommen, daß Sie Minajew zur Flucht in den Westen verholfen hätten.«

»Waaas?« fragte die Romanowa zurück.

»Daß Sie mit Minajew alles vorbereitet hätten, alles sei abgesprochen gewesen. Und in Rom hätten Sie ihm geholfen, die Operation auszuführen.«

›*Operation, Absprache.* Die buchten mich ein‹, dachte die Romanowa. ›Auf jeden Fall setzen die mich in den Knast. Einfach so rufen die einen bestimmt nicht in dieses hellblaue Haus. Wenn sie mich bloß wenigstens ins Gefängnis und nicht in die Klapse stecken.‹ »Wer hat Ihnen das gesagt?« fragte die Romanowa.

»Jemand aus Ihrer Gruppe. Einer Ihrer Leute.«

»Wer?«

»Das kann ich nicht sagen. Dazu habe ich kein Recht.«

Die Romanowa ließ die Gruppe vor ihrem geistigen Auge vorüberziehen.

Der Leiter? Unmöglich. Das war ein anständiger Kerl. Wenn auch verwöhnt durch Privilegien.

Lascha? Lascha war ein Dummkopf, aber kein Schuft.

Michailow? Nein. Er war ein allgemein anerkannter Künstler. Der brauchte sich nirgends anzudienen.

Die Kostina? Die war Alkoholikerin.

Jukin? Der war verliebt.

Die alte Frau? Was sollte ihr das noch nutzen?

Die ›Stimmungsmacherin‹? Aber die war nicht aus der Gruppe. War keine von ihnen gewesen.

»Wer hat Ihnen das gesagt?« fragte die Romanowa wieder.

»Hier stelle ich die Fragen und nicht Sie«, erinnerte Popowitsch sie streng und richtete seinen professionellen Adlerblick auf die Romanowa. Aber die Romanowa konnte erkennen, daß er gutmütige Augen hatte, so wie Tschunja Wolodarskij, und daß er nicht böse bellte, und ungern, nur so, daß es sein Herrchen hört.

»Ich habe ihn in Moskau noch nicht gekannt. Wir haben uns in Italien kennengelernt.«

»Sie sagten, am Flughafen ...«

»Wir haben uns am ersten Tag der Reise kennengelernt, und am vierten ist er geflohen.«

»Und warum hat er Sie vorgewarnt?«

»Das hat er nicht. Er ist doch nicht blöd.«

»Aber Sie haben erzählt, daß er Sie vorgewarnt hatte.«

»Das habe ich gesagt. Aber es war gelogen.«

»Wozu?«

»Mir war es peinlich. Er hat mir den Hof gemacht. Mich die ganze Zeit an der Hand gehalten ...«

»Na und?«

»Er hat mit mir Händchen gehalten, den Arm um mich gelegt. Und dann hat er mich vor aller Augen sitzenlassen. Hat mir nicht einmal auf Wiedersehen gesagt ...«

»Also war es Ihnen wichtig, daß er Ihnen auf Wiedersehen gesagt hätte?«

»Natürlich.«

»Und daß er sein Vaterland verraten hat?«

»Das ist Ihre Angelegenheit. Ich bin zurückgekommen, und für andere Leute bin ich nicht verantwortlich. Ich habe einen anderen Beruf.«

Sie schwiegen einen Moment. Ein stiller Engel flog vorbei*.

»Einer ist uns in Schweden abgehauen«, sagte Popowitsch plötzlich in vertraulichem Ton. »Vielleicht hat es die Jugend bei uns wirklich schwer. Vielleicht sehen *wir* etwas nicht richtig?«

»Ich habe es nicht schwer«, sagte die Romanowa. »Und für die anderen bin ich nicht verantwortlich.«

Popowitsch paßte diese Antwort gut. Somit waren ›wir‹ nicht schuld. Schuld waren die anderen.

»Schreiben Sie«, sagte er und schob ihr ein Papier hin.

»Was?«

»Schreiben Sie, daß Sie ihn vorher nicht gekannt haben. Das reicht schon.«

»Eine Zeile?«

»Es können auch zwei sein.«

Die Romanowa begriff, daß sie nur eins interessierte: Hatte es eine Absprache gegeben oder nicht? Es hatte keine gegeben. Die Romanowa war keine Verschwörerin, sondern nur eine leichtsinnige Person. Das war die ausgearbeitete Version. Stempel und Unterschrift. Er, Major Popowitsch, würde morgen den Rechenschaftsbericht seinen Vorgesetzten vorlegen. Und in Urlaub fahren.

»Ich hab's aufgeschrieben«, sagte die Romanowa und schob das Blatt weg.

* Russische Redensart, wenn in einem Gespräch ein Moment Stille eintritt.

»Sie können gehen. Moment, ich zeichne noch Ihren Passierschein ab.«

Er sah auf die Uhr und schrieb die Zeit auf.

Die Romanowa nahm den Zettel. Sie ging zur Tür. Bevor sie hinausging, sah sie sich um.

Popowitsch wühlte in einer Akte. Er hatte die Romanowa schon vergessen, so wie Arsenij in Italien.

»Entschuldigen Sie...«

»Ja?«

»Und wissen Sie irgend etwas über Minajew... Haben Sie irgendwelche Nachrichten...«

»Nur unbestätigte Informationen.« Popowitsch wollte nicht antworten.

Die Romanowa ging nicht hinaus.

»Man hat seinen Körper aufgefunden, ohne Anzeichen eines gewaltsamen Todes«, sagte Popowitsch tonlos.

»Und was heißt das?«

»Er ist gestorben. Oder er hat sich umgebracht.«

Die Romanowa stand mit offenem Mund da. Es schien Popowitsch, als habe sie etwas gesagt. »Was?« fragte er verständnislos.

»Nichts.«

Schurka ging neben dem hellblauen Haus auf und ab. Hin und her.

»Ich muß mal zur Toilette«, sagte er, als er die Romanowa sah. »Kann man da nicht rein?«

Die Romanowa antwortete nicht.

»Na, besser nicht«, riet sich Schurka selbst. »Sonst kommt man vielleicht nicht mehr raus.«

Sie gingen die Straße entlang. Die Romanowa sah gar nicht, wohin sie ging. Sie bewegte sich wie eine Mondsüchtige. Was war passiert? War er nicht bis zur Botschaft gekommen? Hatte er Angst bekommen, daß die Amerikaner ihn ausliefern würden? Und konnte sich nicht entschließen, zurückzukehren. Er hatte der Romanowa nicht vertraut. Er war gegangen und gegangen, ohne Essen und ohne Schlaf, gebeugt von der unerträglichen Last. Und er hatte nicht durchgehalten. Hatte sich umgebracht. Oder war einfach gestorben. Dazu hatte es nicht viel gebraucht. Er hatte sich unter eine Brücke gelegt und war nicht wieder aufgewacht...

Sie gingen in ein Café. Schurka schlug vor, etwas zu trinken. Sie setzten sich an einen Tisch am Fenster.

»Was hat er zu dir gesagt?« fragte Schurka.

»Was?« Die Romanowa fuhr auf.

»Was dir dieser Major gesagt hat.«

»Meiner Meinung nach schlampen sie. Sie sind faul. Berijas Hunde hätten einen für alles in der Welt nicht laufen lassen. Und der, der hat mir aufs Wort geglaubt.«

»Ich habe einen Schulfreund. Er ist ›Aufklärer‹. Der arbeitete auf Kuba als Gruppenreiseleiter. Sie lebten da wie im Paradies: das warme Meer, Geld, das ganze Jahr Obst und Gemüse. Eines Tages hat er alles hingeworfen und ist zurückgekommen.«

»Warum?«

»Es gab nichts zu tun. Statt Rechenschaftsberichte zu schreiben, gingen sie fischen. Wie Hemingway.«

Der Kellner brachte Wodka, Hering und gekochte, mit Schnittlauch bestreute Kartoffeln.

»Die Butter«, erinnerte Schurka den Kellner.

Der Kellner ging weg.

»Wenn diese Systeme schon schlampen, dann steht's schlecht«, schloß Schurka. »Bald wird alles zusammenbrechen.«

»Und wann?«

»Weiß ich nicht. Ist mir egal.«

»Wieso?«

»Nur so...«, sagte Schurka vage und schenkte ein.

»Auf Major Popowitsch«, schlug die Romanowa vor.

Sie erhob das Glas und sah hinaus ins Freie.

»Mir hat einer von ›denen‹ rausgeholfen, und einer ›von uns‹ hat mich reingelegt«, sagte die Romanowa.

Schurka trank sein Glas auf Ex. Dann begann er zu essen.

Die Romanowa dachte nach und trank ebenfalls. Der Wodka war kalt und ging ihr durch und durch, es war wie ein Schluck frische Luft.

»Wenn die eigenen Leute einander auffressen, dann fällt bald alles auseinander«, wiederholte Schurka.

»Und wann?« fragte die Romanowa wieder.

»Eines schönen Tages. Alles bricht zusammen und wird zu einer großen Staubsäule. Und ich schaue vom anderen Ufer aus zu.«

»Hast du beschlossen auszuwandern?«

Schurka schenkte nochmals ein und trank wieder sein Glas aus.

»Nach Israel?« erriet die Romanowa.

»Wohl kaum. Das Judentum ist nicht in Israel stark, sondern eher in der Diaspora auf der ganzen Welt.«

»Tut es dir nicht leid um unser Land?« fragte die Romanowa ernst.

»Wieso ›euer‹? Es ist auch meins. Ich bin Russe. Es wäre mir gar nicht eingefallen, daß ich Jude bin, wenn die anderen mich nicht daran erinnert hätten.«

Schurka schenkte wieder ein. Die Romanowa trank gierig aus, als wenn sie durstig wäre. Dann schenkte sie nach und trank das Glas halb aus. Die Gegenstände um sie her traten noch klarer hervor, wie in einem Drei-D-Kino.

»Wann hat sich Judas erhängt?« fragte die Romanowa. »Wie lange nach der Kreuzigung?«

»Keine Ahnung. Warum willst du das wissen?«

›Und wenn es Mascha war?‹ zuckte es der Romanowa durchs Gehirn. Nein, nein und noch mal nein... Sie mußte diesen Gedanken sofort vertreiben, ihn mit Wodka übergießen. Anders konnte sie nicht leben. Aber ansonsten kämen nur noch ihr Mann und Nina in Frage. Und sie selbst. Dann mußte sie sich selbst verdächtigen. Und ins Irrenhaus gehen. Direkt vom Café aus.

Ein Blinder mit schwarzer Brille betrat das Café. Die Romanowa zweifelte: War er wirklich blind, oder tat er nur so?

Weiter erinnerte sie sich an nichts, außer daran, daß sie irgendwo hinfuhren und in der Wohnung eines Freundes von Schurka landeten.

Die Romanowa erriet, daß das der Ex-Spion war, der aus Kuba zurückgekehrt war, aber in Wirklichkeit war er befördert worden, und jetzt war ihm sicher aufgetragen worden, die Romanowa zu beschatten. Er hatte die Aufgabe, sie zu töten.

Dann kletterte sie irgendwie über den Balkon nach draußen, aber jemand zog sie zurück und zerriß ihr den Rock. Und am Ende von alldem war der Riß in der Tapete. Es war ihre Tapete und ihr Riß. Also war sie zu Hause. Man trug sie auf Händen und legte sie auf das Bett, wie ein Stück Holz.

...Die Tür ging auf. Ins Zimmer trat Raskolnikow. Ohne Tasche. Die Tasche hatte er auf der Erde gelassen.

Die Romanowa wunderte sich nicht. Sie hatte gewußt, daß er kommen würde.

»Wie ist alles gekommen?« fragte sie aufgeregt und streckte ihm beide Arme entgegen. »Wie?«

Raskolnikow wollte antworten, aber er schluchzte auf.

Er weinte um sich selbst, um seine Kinder, um die ehrgeizigen Pläne, um eine leidenschaftliche, fleischliche Liebe, die es nur auf Erden gibt. Er weinte über die Kränkung, daß alles so schnell, grausam und so kläglich für ihn geendet hatte. Und man konnte nichts mehr gutmachen. Denn wiedergutmachen kann man alles, außer einem: Man kann einen Toten nicht wieder zum Leben erwecken.

Sie saß unbeweglich auf dem Bett. Sie verstand alles. Sie liebte ihn unendlich. Es war eine Liebe wie eine Krähe. Länger als das Leben. Länger als ein Menschenleben.

»Wenn du willst, dann komme ich zu dir hinüber«, schlug die Romanowa selbstlos vor. »Ich habe hier sowieso nichts verloren...«

»Nein... Ich werde warten...«

»Aber das wird lange dauern.«

»Nicht lange ... Die Tage im Kosmos dauern siebzehn Erdenjahrhunderte. Eine Stunde sind einundsiebzig Jahre. Also treffen wir uns in einer Stunde. Sogar etwas früher.«

Er drehte sich um und ging auf das schwarze Loch der geöffneten Tür zu. Wie damals im Hotel. Und wie damals wollte sie schreien: »Warte!«

Ein Jahr war vergangen.

Schurka Solowej war nach Israel emigriert.

In Nina verliebte sich der miese Sascha aus ihrer Klasse. Das Miese an ihm war, daß er sehr schön war.

Zu Weihnachten kam Mascha nach Moskau. Sie kam mit unendlich viel Gepäck an und hatte einen breitkrempigen Hut auf dem Kopf, so einen, wie man ihn in den Stummfilmen sieht. Viele Freunde mit ihren Familien holten sie ab. Es hatten sich um die vierzig Leute versammelt. Nicht weniger. Mascha liebte diese Inszenierung ihrer Ankunft. Das war ihr privates kleines Theater.

Ein Gepäckträger zog aus dem Abteil Koffer und Reisetaschen. Ihr Gepäck war ganz im Nostalgiestil gehalten. Eine Ergänzung des Bühnenbildes.

»Erinnerst du dich an Kuwajew?« fragte Mascha und zählte ihr Gepäck. »Auf den wir damals auf dem Platz eingeredet haben ...«

»Minajew«, verbesserte die Romanowa.

»Richtig, Minajew. Weißt du, wen er geheiratet hat?« Mascha legte eine effektvolle Pause ein. »Die Tochter eines äthiopischen Königs. Eine Prinzessin. Sie haben einen Palast aus weißem Marmor.«

»In Äthiopien?«

»In Paris. Mitten im Zentrum. Auf dem Trocadéro. Und ich habe ihm vorausgesagt, daß er höchstens Hinterhöfe kehren wird.«

»Nicht einmal das hast du ihm versprochen«, verbesserte die Romanowa. »Du hast gesagt, daß schon alle Besen ausgegeben sind.«

»In Äthiopien war ein Putsch, und der Königspapa ist nach Frankreich geflohen, samt seiner Familie und seinem Geld. Minajews Stück lief in Paris. Sie haben sich im Theater kennengelernt. Kannst du dir das vorstellen? Wie im Märchen. Aschenputtel...«

»Er ist tot«, sagte die Romanowa düster. »Er hat sich umgebracht.«

»Blödsinn. Das ist der KGB, der diese Gerüchte in die Welt setzt, damit es anderen gar nicht erst in den Sinn kommt abzuhauen.«

Mascha ging auf den Gepäckträger zu, um ihn auszuzahlen.

Ein Wind kam auf und wehte Mascha den Hut vom Kopf. Der Hut flog durch die Luft, dann rollte er über den Boden wie ein Rad. Noch ein paar Meter, und es würde ihn unter die schweren, schmutzigen Räder des Zuges wehen.

Alle erschraken und rannten wie aufgescheuchte Hühner umher, um den Hut einzufangen. Auch Mascha rannte.

Sie schaffen es, oder sie schaffen es nicht... Sie packen ihn, oder sie packen ihn nicht. Alle rennen dem Glück hinterher wie dem Hut, mit ausgestreckten Händen, aufgerissenen Augen, sie erreichen das hohe A, sie sterben unter einer Brücke, heiraten Prinzessinnen, weinen sich die Augen aus dem Kopf, haben Hoffnungen, die zu Halluzinationen werden – und alles in eineinhalb Stunden. Sogar weniger. So lange, wie ein Film im Kino dauert.

Das Haus des Generals Kuropatkin

Als sie sich an den Tisch setzten, kam die ›schiefe Dusja‹ angerannt.

»Also, ich kann nicht mehr!« Dusja schlug die Hände zusammen und blieb erwartungsvoll auf der Schwelle stehen.

»Hat er wieder angefangen zu prügeln?« fragte Katjas Mutter ungerührt. Sie lebte seit dem Frühjahr im Dorf und kannte alle Probleme ihrer Nachbarn.

Dusja hatte keine eigene Familie, sie zog ihren Neffen Kolka auf. Kolka liebte den Wodka mehr als alles andere auf der Welt, und wenn Dusja ihm Geld verweigerte, begann er mit den Fäusten auf sie einzutrommeln, nicht fest, aber andauernd, um so die erforderliche Summe aus ihr herauszuschlagen.

»Diesen Schuft habe ich als Säugling von sieben Monaten, in Lappen eingewickelt, eigenhändig zu Fuß von Ploskoschi hierher getragen!« erinnerte sich Dusja. Sie war gekränkt über ihr heutiges Los. »Katja, Sie sind eine Gebildete, vielleicht hört er auf Sie ...«

Katja war vor zwei Wochen mit ihrer zehnjährigen Tochter Nika in das Dorf gekommen. Nika ähnelte Katja sehr. Und Katja wiederum glich ihrer Mutter wie ein Ei dem anderen. So saßen am Tisch drei Vertreterinnen ein und derselben Familie und desselben Geschlechtes, eine von der anderen durch einen zwanzigjährigen Abstand getrennt.

»Na, geh schnell!« erlaubte Katjas Mutter. »Das ist doch eine unglaubliche Sauerei.«

Dusja wartete mit Leidensmiene. Ihr eines Auge war ein Glasauge. Die Prothese war aus der Stadt geschickt worden, das Glasauge erwies sich als etwas zu groß, wodurch das Auge weit aufgerissen, gläsern-sinnlos wirkte. An ihm klebten winzige Grashälmchen. Diese Hälmchen unterstrichen noch die Künstlichkeit des Auges.

Katja stand vom Tisch auf und folgte Dusja durchs Dorf.

Das Dorf Janowitschi war klein und bis auf zehn Gehöfte verlassen. Die Alten starben. Die Jungen zogen weg, in die großen Städte. Hier hatte man keine richtigen Straßen gebaut, was bedeutete, daß es auch keine industriellen Perspektiven gab. Nichts als die Schönheit der Natur. Aber was für eine Schönheit! Was für eine Ruhe! Der Wald war ungerodet und reichte ganz nah an die Isbas* heran. Die Luft war erfüllt vom Harz der Bäume. Walderdbeeren breiteten sich aus, sie wuchsen direkt am Weg entlang. Das Holz der Häuser war alt und grau, mit einem dünnen platinfarbenen Überzug. Als Katja vor zwei Wochen hier angekommen war und das alles gesehen hatte, hätte sie das Gesicht zum Himmel erheben mögen, um vor Freude zu erstarren. Und sie wollte keinen Schritt mehr weitergehen.

Dusjas Isba war die dritte, vom Dorfende her gezählt.

* Isba: traditionelles russisches Holzhaus.

Der siebzehnjährige Kolka saß auf dem Sofa, hatte die Hände zwischen die Knie sinken lassen, voller Enttäuschung, wie Lermontow. Er war dünn, hatte ein zartes Gesicht, und wenn man ihn ansah, hätte man im Leben nicht vermutet, daß er trank oder sich prügelte.

»Kolka, ist das wahr?« fragte Katja verzagt.

Kolka schwieg.

»Dusja sagt, daß du sie beschimpfst.« Katja entschuldigte sich sozusagen durch ihre sanfte Stimme dafür, daß sie sich in fremde Angelegenheiten mischte. »Also, ich bitte dich sehr, daß das das erste und letzte Mal bleibt.«

»Mach's nich mehr, Tante Katja!« rief Kolka plötzlich laut wie ein Soldat beim Appell.

Katja mißfiel, daß er sie ›Tante‹ genannt hatte. Sie war dreißig, aber in den heutigen Zeiten der verlängerten Kindheit war dreißig gerade der Anfang des Lebens, so wie früher achtzehn. Sie hätte sagen mögen: ›Was bin ich denn für eine Tante, du Idiot!‹ Aber sie sagte: »Hör mal, Kolka, wenn ich das noch mal von dir höre ...«

»Mach's nich mehr, Tante Katja!« rief Kolka wieder, als hätte ihn jemand mit einem spitzen Gegenstand gepiekst.

Katja wurde klar, daß er wohl morgens schon irgendwo Alkohol herbekommen hatte. Sie dachte: ›Na, das ist mir ein Früchtchen ...‹ und ging hinaus.

Dusja stand auf der Vortreppe, und sogar in ihrem Glasauge lag Hoffnung.

»Schon gut, Dusja. Er wird keine Prügelei mehr anfangen. Er hat's versprochen«, versicherte Katja.

Dusja nickte, ging in die Isba, aber im Nu kam sie, mit der Flinkheit eines Teenagers, wieder herausgerannt.

»Verflixt...« sagte sie und schlug vor Überraschung die Hände zusammen. »Schon wieder...«

Kolka brauchte keine Gerechtigkeit, die brauchte Dusja, er aber brauchte Geld für Wodka. Außerdem war er böse auf Dusja, daß sie den Streit aus der Hütte getragen hatte und ihn, Kolka, bloßstellte. Noch dazu vor diesen Städtern, oder, wie man sie hier nannte, vor den ›Datschniki‹*.

Dusja erinnerte sich an die vierzig Kilometer, die sie den Säugling Kolka in Lappen eingewickelt getragen hatte, und ihr Gesicht verzog sich zu einem Weinen.

Katja seufzte auf und ging nochmals in die Isba.

Kolka saß in derselben Pose da wie vorher, mit derselben Miene, und wieder konnte man sich unmöglich vorstellen, daß er asoziale Taten beging. Katja dachte sogar: ›Vielleicht verwechselt die gute Dusja da etwas?‹ Aber trotzdem sagte sie: »Also, Kolka, was ist denn das?«

»Mach's nich mehr, Tante Katja!« rief er, schwieg danach einen Moment, wartete ein bißchen, nur um erneut dieselben Worte zu rufen.

Katja wurde es allmählich langweilig. Sie verabschiedete sich von Dusja und ging nach Hause.

Die Mutter und Nika saßen in der Küche um den Tisch und aßen den im Dorf hergestellten Quark mit Walderdbeerenkonfitüre. Die Mutter verschlang den Quark mit Brot, um sich mehr Kalorien zuzuführen und später nicht gleich wieder hungrig zu sein.

* Abgeleitet von dem Wort Datscha.

Nika hing über ihrem Teller und starrte mit weitaufgerissenen Augen vor sich hin, als würde sie voller Angst in ihr zukünftiges Leben blicken.

»Schlaf nicht ein!« sagte ihre Großmutter zu ihr.

Katja setzte sich an den Tisch. Sie fing an Quark zu essen, wobei sie die Konfitüre beiseite schob, denn sie mied alles Süße und Kohlehydratreiche. Die überall grassierende Abmagerungsepidemie hatte auch sie erfaßt.

»Deine Beine sind ja schon dünn wie Spinnenbeine«, bemerkte die Mutter. »Und deine Gesichtsfarbe ist bläulich, wie ein vielbenutzter Spüllappen.«

»Mama, ich bin dreißig. Laß mich leben, wie ich will«, bat Katja.

»Wenn du nach Moskau fährst, kannst du dort leben, wie du willst. Dann seh ich's wenigstens nicht.«

Die Mutter hatte extra ein Haus auf dem Land gekauft, hatte zehn ihrer Monatsrenten angelegt, nur damit ihre Tochter und ihre Enkelin öfter an die frische Luft kamen. Und Katja kam her und aß wie absichtlich nichts. Sogar den Löffel führte sie träge und wie von oben herab zum Mund. In solchen Momenten hätte die Mutter ihr gern den Löffel abgenommen und ihr damit eins auf die Stirn gegeben. Sie mußte sich sehr zusammennehmen, um es nicht zu tun.

Katja lebte von der Mutter getrennt, in einer anderen Stadt. Während der Trennung fühlte sie sich verwaist. Katja konnte den Urlaub kaum abwarten, um ihre Mutter zu sehen, ihr den Kopf an die Schulter zu legen. Aber davon war dann gar nicht die Rede ... Die Mutter saß da wie eine Granate mit abgezogenem Ring, jede Sekunde konnte sie hochgehen.

»Gestern habe ich Nadka Juschkowa gesehen«, sagte Katja, um die Explosion abzuwenden. »Sie ist einen ganzen Kopf größer als Nika.«

»Weil Nadkas Vater groß ist«, erklärte die Mutter. »Der ist nicht so ein gedrungener Kerl.«

Mit ›gedrungener Kerl‹ war Nikas Vater gemeint, Katjas Mann.

Nika beugte sich tief über ihren Teller, als wolle sie etwas aus ihm herauslesen. In die Walderdbeerenkonfitüre fielen zwei Tränen.

»Na, warum sagst du solche Sachen vor dem Kind«, sagte Katja verstimmt. »Du weißt doch, wie sie an ihrem Vater hängt.«

Nika fing laut an zu schluchzen.

»Na, was hab ich schon groß gesagt?« fragte die Mutter betrübt. »Ich hab doch bloß gesagt, daß Slawik etwas kleiner ist als Nadkas Vater. Mehr nicht.«

Katja schwieg mit gesenktem Kopf.

Die Mutter sah auf ihren Scheitel und sagte: »Wenn das Kind seinen Vater so liebt, brauchst du dich ja nicht scheiden zu lassen.«

»Du weißt doch genau, warum ich mich scheiden lasse.«

»Ja. Weil du lebensuntüchtig bist.«

Katja rückte den Schemel hart zurück und ging aus der Isba. Auf der Vortreppe blieb sie stehen. Sie hätte am liebsten Nika an der Hand genommen und wäre sofort mit ihr abgereist.

Hinter dem Zaun wuchs hohes Gras mit grellgelben, wie gelackten Blümchen. Direkt dahinter begann der See mit einer Insel aus Binsendickicht in der Mitte. Auf dem

See fuhr in einem Boot, das aus zwei mit einer Eisenklammer zusammengehaltenen, ausgehöhlten Baumstämmen gebaut war, der Kolchosvorsitzende mit dem romantischen Namen Dubrowskij. Der Vorsitzende war jung und groß. Er sah aus wie ein Este in seinem grobgestrickten Wollpullover und den hohen Gummistiefeln. Katja kam es vor, als schaue er in Richtung ihres Hauses, und sie sah es zwar nicht, stellte sich aber seine jugendlich glatten Wangen vor und seine aufrichtigen blauen Augen.

Katja wollte nicht weinen, aber schon kamen ihr aus lauter Selbstmitleid die Tränen. Nika kam angelaufen und umarmte sie.

»Komm, Mama, wir fahren weg...«

Die Mutter räumte in der Küche das Geschirr zusammen. Sie verstand nicht, worin ihre Schuld liegen sollte. Sie hatte ein Haus am Ende der Welt gekauft, war hierher gezogen, kaum, daß der Schnee geschmolzen war, und hatte renoviert und gepflanzt. Sie opferte all ihr Geld und ihre Gesundheit nur für die beiden, denn sie selbst brauchte ja nichts. Sie selbst hätte im Sommer nach Sotschi fahren und sich am Meer braunwerden lassen können. Oder in ein Sanatorium fahren, dort ihre Gesundheit auf Vordermann bringen lassen, anstatt hier die letzten Kräfte zu verbrauchen.

»Na wartet«, sagte die Mutter, »wenn ich sterbe, dann werdet ihr noch sehen, was ihr an mir gehabt habt!«

»Na, dann stirb doch«, sagte Nika. »Immer verdirbst du allen die Laune!«

Daß die Mutter anderen die Laune verdarb, war eine Teilwahrheit, aber die Mutter verstand die Erklärung der

Enkelin als allgemeine und einzige Wahrheit: Sie störe alle beim Leben, alle warteten nur auf ihren Tod. Und wenn das so war, dann durfte man sie nicht warten lassen. Noch heute würde sie abreisen, nach Leningrad, sie würde bei ihrer alleinstehenden Freundin Tosja wohnen, mit der sie die Jugend und die Nachkriegsjahre wie ein Fest verlebt hatte. Die Jugend war voller Armut gewesen, aber jetzt, aus der Ferne betrachtet, schimmerte diese Zeit wie die allerglücklichste ihres Lebens.

Die Mutter lief auf den Hof hinaus. Sie zerrte ihre riesigen Unterhosen mit ausgeleiertem Gummizug von der weißen Wäscheleine, die Nika ›Fallschirme‹ nannte. Sie zog die Fallschirme von der Leine, um sie zusammen mit ihrem Bademantel und ihren Hausschuhen zusammenzulegen. Mehr würde sie von hier nicht mitnehmen.

Währenddessen wurde die Gartenpforte geöffnet, und in den Hof trat ein junger Bursche mit einem zusammengerollten Plakat unter dem Arm. Sein Motorrad hatte er hinter dem Gartenzaun abgestellt.

»Guten Tag!« sagte der Bursche laut und fröhlich. »Unterschreiben Sie den Stockholmer Aufruf!«

Alle unterbrachen ihre vorhergehenden Tätigkeiten und wandten ihre Aufmerksamkeit dem Burschen zu. Er war jung, so um die sechsundzwanzig, hatte ein gutes Gesicht mit einem bemerkenswerten Gesichtsausdruck. Er sah einen an, und es war, als sagte er: ›Da schaut nur, was Gutes in mir steckt. Und ich sehe, was Gutes in euch steckt. Und wie lange auch diese Bekanntschaft dauern wird, wir werden es gut haben zusammen.‹

»Wer sind Sie denn?« fragte die Mutter.

»Ich bin der Instrukteur des Komsomolzenkreiskomitees, Witja Pawlow.« Er streckte seine große Hand aus, und alle drückten sie mit Vergnügen.

Witja rollte den Stockholmer Aufruf auseinander und legte ihn auf den Tisch, der mitten auf dem Hof stand. Unter dem Aufruf standen schon unzählige Nachnamen, sicher nicht weniger als fünfhundert.

»Fahren Sie Dorf um Dorf ab?« fragte Katja.

»Ja, sicher...«

»Und dürfen Sie sich nicht hinsetzen und selbst für alle unterschreiben?«

»Nein, das darf ich nicht.«

»Warum?«

»Es wird nachgeprüft.«

»Und was ist das für ein Aufruf?« fragte die Mutter.

»Für den Frieden«, erklärte Witja. »Damit es keinen Krieg mehr gibt.« Er streckte der Mutter einen Kugelschreiber hin.

Die Mutter unterzeichnete, wobei sie die Buchstaben eng nebeneinander setzte, um Platz auf dem Papier zu sparen. Sie sparte immer und an allem.

»Vielleicht darf ich auch unterschreiben?« fragte Nika.

»Du darfst«, erlaubte Witja. »Schließlich willst du ja auch den Frieden.«

Nika malte ihren Nachnamen hin, wobei sie die Zunge leicht herausstreckte.

»Und wo ist dieses Stockholm?« fragte die Mutter.

»In der Schweiz... Oder in Schweden«, antwortete Witja.

»Ist das nicht ein und dasselbe?«

»Soviel ich weiß, nicht.«

»Also die Leute unterschreiben, und dann?«

»Dann wird es an die UNO geschickt.«

»Na, da schau her ...« wunderte sich die Mutter. »Unglaublich ... Dort die UNO und hier Janowitschi ...«

Die Unterschriften waren gesammelt. Witja Pawlow setzte sich auf die Bank neben dem Tisch und überlegte. Er sah irgendwo auf den Boden, oder besser gesagt, durch den Boden hindurch. Er war mit den Gedanken weit weg.

»Möchten Sie einen Tee?« fragte Katja.

Die Mutter verzog den Mund. Sie war nicht zu geizig, den Gast zu bewirten, aber auf dem Dorf war alles ein Problem: das Wasser, das man aus dem Brunnen hochholen mußte, der Käse, für den man ins Nachbardorf laufen mußte, und schließlich sogar der Petroleumkocher, auf dem man ewig lange und unter Gestank das Wasser zum Kochen bringen mußte.

»Nein, ich will keinen«, lehnte Witja ab, ohne den Kopf zu heben, und sah weiterhin ins Innere seiner Seele.

»Haben Sie Unannehmlichkeiten?« fragte Katja vorsichtig.

»Morgen wird mein Schwiegervater vor Gericht gestellt – ein auswärtiges«, teilte Witja mit.

»Was hat er denn angestellt?«

»Er hat eine Nachbarin gestoßen.«

»Und sie hat sich beschwert?«

»Nicht direkt ... Sie ist gestorben.«

»Und warum?« wunderte sich Katja.

»Na, weil sie Gehirnerschütterung hatte. Sie hätte nicht vom Bett aufstehen dürfen. Aber sie ist aufgestanden und herumgelaufen. Warum ist sie bloß aufgestanden?« Witja hob einen Finger und erfaßte alle Umstehenden mit einem Blick, als wollte er sie dazu auffordern, seine Rechtschaffenheit und die Schuldigkeit der Nachbarin zu bekräftigen.

»Aber wieso hat er sie auch gestoßen...« Die Mutter wiegte unschlüssig den Kopf hin und her. »Weshalb?«

»Na, damit sie endlich aufhört zu hexen«, sagte Witja gereizt. Offensichtlich war er sehr aufgebracht über die Nachbarin, die einfach gestorben war und damit soviel Unannehmlichkeiten in sein Heim gebracht hatte. »Mein Schwiegervater war Waldhüter. Er hat in einem Wächterhäuschen gewohnt. Sie ist zu ihm in das Häuschen gekommen. Hat gezaubert und etwas verstreut. Das Häuschen ist abgebrannt. Na, beim ersten Mal hat er noch nichts gesagt. Er hat ein Haus in Scheschurino gebaut. Ein gutes Haus. Da ist sie wieder gekommen, hat ihn wieder verhext. Da hat er's ihr gegeben...«

»Und ist das Haus abgebrannt?« fragte Katja.

»Nein. Wieso?« wunderte sich Witja.

»Na, wie konnte er dann wissen, daß sie es verhext hatte?«

»Ja, was denn sonst...« In Witja kam Leben. »Der Schwiegervater war zur Heumahd gefahren. Dann kam er heim. Kommt zum Tor rein, so eins wie ihr hier habt. Und sie kommt gerade aus dem Haus. Sie war in seinem Haus. Was hat sie da gemacht, wenn er nicht da war? Na, was wohl?« Witja sah alle ringsum an, als wollte er fragen. ›Was hat die Nachbarin in der Abwesenheit des Schwiegervaters getan?‹ Niemand konnte auf diese Frage antworten. »Sie hat gehext!« schloß Witja befriedigt. Er schwieg. Dann ergänzte er: »Jetzt werden sie ihn ganz schön verknacken.«

»Kann man das Gericht nicht schmieren?« fragte die Mutter.

»Das geht nicht...« Witja schüttelte den Kopf. »Ich war schon dort. Sie haben beschlossen, einen Musterprozeß draus zu machen. Als abschreckendes Beispiel.«

Alle schwiegen voller Mitgefühl für Witja. Man verstand, daß seine Argumente gegen die Nachbarin für ein Gerichtsverfahren unüberzeugend waren. Der Schwiegervater würde zu einer saftigen Strafe verurteilt werden, Witjas Frau würde großen Kummer haben, und das würde sich natürlich auch auf Witja selbst auswirken, der völlig unschuldig war.

»Na gut!« Er stand auf und rollte sorgfältig den Stockholmer Aufruf zusammen. »Ich hab noch vier Dörfer vor mir!«

»Kann ich vielleicht mitfahren?« fragte Katja plötzlich.

»Wozu?« wunderte sich die Mutter.

»Es interessiert mich eben.«

Katja war schon die zweite Woche hier und hatte das ewige Einerlei satt. Sie wollte die Dörfer der Umgebung sehen.

»Wieso nicht? Fahren wir!« sagte Witja lebhaft. »Aber Sie müssen Gummistiefel mitnehmen.«

Katja huschte in die Isba und zog schnell Jeans und Gummistiefel an. Die Jeans krumpelte sie bis zum Knie hoch, nach der neuesten Mode, man nannte das Diversanten-Stil. Die Jeans waren aus dem Ausland, zum dreifachen Preis unter der Hand erstanden. Die Mutter wertschätzte die Jeans nicht so, wie sie es verdient gehabt hätten, vor allem, wenn man die Menge der ausgegebenen Rubel bedachte. Aber als Katja auf der Vortreppe stand, fand die Mutter es schade, daß Katja ein so teures Kleidungsstück abnutzte, um über so abgelegene Wege zu fahren, noch dazu mit einem so ungebildeten Kerl wie diesem Witja.

Sie musterte Katja, als wollte sie sagen: ›Na also, ich hab's ja gesagt, daß du lebensuntüchtig bist...‹

Witja Pawlow packte vorsichtig den Aufruf ein und befestigte ihn vor sich auf dem Motorrad.

Katja setzte sich hinter ihn auf den Beifahrersitz und faßte Witja um die Taille, um sich festzuhalten. Er trat das Gaspedal durch. Das Motorrad heulte auf und fegte los.

Die Mutter und Nika standen mit hängenden Armen da und schauten den beiden mit so verwaister, verstörter Miene hinterher, als habe sich Katja von ihrer Verwandtschaft losgesagt und hätte sie für immer verlassen.

Katja bekam für einen Moment ganz heiße Augen, aus Liebe zu ihnen und auch aus Schuldgefühlen: Sie lebte drauf los und die beiden standen da und froren. Aber sie unterdrückte dieses Gefühl, denn der Wind schlug ihr ins Gesicht, das Leben riß sie mit sich fort, und man mußte das Gesicht abwenden, damit es einem nicht von den Zweigen zerkratzt wurde.

Den Weg entlang wuchsen Walderdbeeren, so als wäre jemand vor Witja hier mit dem Motorrad entlanggefahren und hätte dabei einen dick in rote Farbe getunkten Pinsel neben sich hergeschleift.

Das Dorf hieß Sereshino. Das Motorrad fuhr heran und kam neben einer Kolchosfarm zum Stehen.

Katja war nie zuvor auf einer Farm gewesen und betrat sie mit einer gewissen Verwirrung, so wie ein Theater.

Es war hier viel sauberer, als sie sich das vorgestellt hatte. An den Seiten standen die Kühe in Boxen und kauten mit geschlossenen Mäulern. Aus der ganzen Vielfalt der Flora und Fauna der Welt liebte Katja blühende Apfelbäume und Kühe am meisten. Ihre Güte, die Fügsamkeit, die großen Augen, das völlige Fehlen jeglicher Gedankenbewegung – all das stellte ein Gefühl von Ruhe und Hoffnung her, das den Menschen so sehr fehlte.

Es gab zwei Melkerinnen – Lisa und Frossja. Als sie sahen, daß Katja in Begleitung des Instrukteurs des Komsomolzenkreiskomitees auftauchte, dachten sie, daß Katja ebenfalls von der Kreisleitung sei. Sie hörten sofort auf zu melken, liefen auf Katja zu und riefen ihr laut und hartnäkkig etwas zu. Ihre Intonation war eine Mischung aus Wut, Beleidigung und Hunger nach Gerechtigkeit.

Der Grund ihrer Wut bestand darin, daß sie gestern siebzig Eimer gemolken hatten, und das Auto, das die Milch abholen sollte, war nicht gekommen; die ganze Milch war sauer geworden Wem würde man dieses Geld nun abziehen: ihnen, den Melkerinnen? Dem Fahrer, der sich weiß-der-Teufel-wo rumgetrieben hatte, oder dem Kolchosvorsitzenden, der möglicherweise dem Fahrer das Auto vorenthalten hatte?

»Habt ihr Melkmaschinen?« fragte Katja.

»Haben wir«, antwortete Frossja. »Aber die Kühchen mögen sie nicht.«

Sie sagte genau so: ›die Kühchen‹. Katja sah sich ›die Kühchen‹ an. Ohne das Kauen zu unterbrechen, richteten sie ihre dunklen Blicke auf sie, als wollten sie bestätigen ›nein, wir mögen die Melkmaschine nicht‹, und blinkerten langsam mit den geraden Wimpern.

Katja sah die Frauen voller Mitgefühl an. Lisa war eine offensive Frau, mit einem hübschen Gesicht und von schöner Statur. Man spürte, daß, sollten die siebzig Eimer ihr nicht zugute kommen, sie ihr auf jeden Fall nicht zum Schaden gereichen würden. ›Bestimmt ist sie so lebendig, weil sie die noch kuhwarme Milch trinkt‹, dachte Katja. Davon abgesehen, war es ja wirklich eine dicke Unverschämtheit, daß das Auto nicht gekommen war.

Katja drehte sich um und schaute Witja Pawlow streng an, als wäre sie tatsächlich seine Vorgesetzte von der Kreisverwaltung.

»Unterschreiben Sie den Stockholmer Aufruf!« sagte Witja munter und rollte seine Liste aus.

Die Melkerinnen sahen verwundert auf das wichtige Dokument. Lisa fragte: »Und was ist das?«

»Damit es keinen Krieg mehr gibt«, erklärte Witja.

»Ach, das ... Na, gib her!«

Lisa trocknete ihre Hände mit Gaze ab. Sie nahm Witjas Kugelschreiber und setzte mit ernstem Gesicht ihre Unterschrift auf das Papier. Dann neigte sie den Kopf zur Seite und besah sich, wie die Unterschrift sich in der Reihe der anderen ausnahm.

Frossja trat auch heran und unterschrieb ebenfalls – sie schloß sich einer allgemeinen Aktion an.

»Und wie geht das? Unterschreibt der ganze Landkreis?« erriet Lisa, während sie die Vielfalt der Unterschriften betrachtete.

»Der ganze Planet«, sagte Witja.

»Sag bloß ... Und wohin geht das dann?«

»An das Weiße Haus.«

Nach so einem wichtigen und feierlichen Akt wollte man schon nichts mehr für sich selbst fordern, sondern die Seele weit werden lassen und Gutes tun.

»Wenn Sie wollen, zeigen wir ihnen unseren Bullen«, schlug Frossja vor.

Der Bulle stand in einem gesonderten Verschlag. Er war mit einer dicken Kette an der Mauer festgebunden. Ein Ring war durch seine Nase gezogen.

Das war kein Tier, sondern ein Wesen aus der Hölle, mit breitem Schädel, an dem sofort, ohne Hals, der massige kegelförmige Körper begann. Katja war überrascht, wie sehr sich der Bulle von den Kühen unterschied.

Der Bulle wurde unruhig und beäugte Katja. In seinem riesigen geröteten Auge loderten schwarze Flammen des Hasses.

»Er mag keine Fremden ...« sagte Lisa.

»Laßt ihr den mal von der Kette?« fragte Katja.

»Nee. Das ist ein Wilder. Letzten Monat hat er Wasja, den Fahrer, gejagt und ihn ins Badehaus getrieben ... Und wenn er erst Blut geleckt hat, dann ist es aus ...«

»Wer hat Blut geleckt?« fragte Katja verständnislos.

»Der Bulle.«

»Woher denn?«

»Na, von Wasja ...«

Katja hatte es plötzlich eilig, aus dem Kuhstall herauszukommen. Der Haß des Bullen breitete sich im Umkreis von ein paar Metern aus, und es war unangenehm, in dieser Haßwolke zu stehen.

Witja folgte Katja.

»Warten Sie hier auf mich«, bat er. »Ich fahre jetzt die einzelnen Isbas ab und komme Sie dann abholen.«

Katja ging von den Kuhställen weg, setzte sich auf frischgefällte Baumstämme und wartete.

Das Dorf Sereshino ähnelte Janowitschi, aber unterschied sich gleichzeitig davon. Genau wie die Menschen. Ein Mensch ähnelt dem anderen: Kopf, Arme, Beine, und trotzdem ist jeder ein ganz anderes Wesen.

Hier gab es keinen See, aber die Bäume wuchsen so hoch und dem Auge bot sich eine solche Weite, so viele verschiedene Grüntöne – von zart-salatgrün bis zu tiefdunkelgrün, fast schwarz –, daß man es am liebsten gemalt hätte.

Lisa kam und setzte sich neben Katja.

»Möchten Sie kuhwarme Milch?« bot sie an.

»Ich mag sie nicht«, lehnte Katja ab. Sie konnte diese aus dem Körperinneren kommende Wärme nicht ausstehen.

Sie schwiegen einen Moment. Aber ihr Schweigen hatte etwas Verbindendes.

»Sagen Sie ...« Katja verstummte einen Moment, um zu überlegen, wie sie die Frage am besten formulieren könnte. »Also, ich habe eine Freundin in der Stadt ...«

»Ja, und?«

»Die Freundin will sich von ihrem Mann scheiden lassen.«

»Ja, und?« Lisa wartete auf die Fortsetzung.

»Sie wird also keinen Ehemann mehr haben«, sagte Katja direkt und sah erwartungsvoll in Lisas Gesicht. Katja schien es, als ob diese Bäuerin irgendeine ganz tiefe Wahrheit, eine Volksweisheit wissen müßte, die zu wissen Katja nicht gegeben war.

»Und das ist alles?« fragte Lisa.

»Na, wie sehen *Sie* das: eine Frau, noch jung – und ohne Ehemann.«

Lisa überlegte und sagte dann: »Na ja, schließlich habt ihr in der Stadt doch keine Heumahd.«

Sie dachte, wenn man in der Stadt kein Vieh hielt, dann brauchte man auch kein Viehfutter fertig zu machen. Also konnte man gut ohne Mann auskommen.

»Und das Kind ... ohne Vater?« fragte Katja.

»Ach so, ein Kind ist schon da?«

»Ja.«

»Na also, was will sie dann noch?«

Lisa offenbarte keine besondere Wahrheit, oder besser gesagt, ihre Wahrheit paßte Katja nicht.

»Und was meinen Sie ... Wenn der Ehemann zu einer anderen geht?«

»Na, und? Was ist schon passiert?«

»Ja, also ... also, immerhin ...«

»Unterm Strich – nichts!«

Das ›st‹ sprach Lisa sehr hart aus, am Schluß stand ein zischendes ›ts‹. Dadurch klang das ›unterm Strich – nichts‹ kategorisch und überzeugend.

›Und wirklich‹, dachte Katja. ›Was ist schon passiert?‹ Sie wollte so denken. Es war leichter, so zu denken, es tat der Seele weniger weh.

Durch das Dorf gingen laut schimpfend zwei Männer. Der eine schrie auf den anderen ein, wortreich und mit gellender Stimme, wie eine Frau, der andere schrie seltener und mit etwas tieferer Stimme.

Katja hörte genauer hin.

Den Anfang des Streites hatte sie nicht mitbekommen, und der Grund blieb ihr unklar. Jetzt wühlten die beiden gerade in früheren Beleidigungen: Der eine warf dem anderen vor, daß er nicht im Krieg gewesen war. Der mit der hohen Stimme schrie, daß die Ärzte und die Regierung schließlich besser gewußt hätten, ob er zu kämpfen hatte oder nicht. Die Männer wurden nun von der Kolchosfarm verdeckt, man konnte die einzelnen Worte nicht mehr verstehen. Nur die Satzmelodie war noch zu hören.

»Das ist Fedka«, sagte Lisa, und es blieb unklar, ob Fedka der war, der den anderen beschuldigte, oder der, der sich gerechtfertigt hatte.

»Waren denn hier die Deutschen?« fragte Katja.

»Na, klar. Bei Frossja in der Scheune war ein Partisan versteckt. Die Deutschen haben ihn aufgehängt und nicht erlaubt, ihn abzuschneiden. Ein Vorzeigeposten.«

Der Ausdruck ›Vorzeigeposten‹ war ihr offensichtlich aus der Zeit der Okkupation geblieben.

Witja kam angefahren.

»Warum hat es so lange gedauert?« fragte Lisa.

»Die Loginows hatten sich eingeschlossen. Sie wollten nicht unterschreiben, solange man ihnen keinen Schiefer fürs Dach gibt. Als wäre ich ein Abgeordneter ... Also, was ist, fahren wir?«

Im Wald standen tiefe Pfützen. Witja fuhr nicht um sie herum, sondern lenkte das Motorrad mitten hindurch, wie ein Geländefahrzeug.

»Das ist nicht gut«, sagte Katja. »Zwei Melkerinnen für siebzig Kühe. Andere an ihrer Stelle hätten schon längst alles hingeschmissen.«

»Alles hingeschmissen ...« brummte Witja. »Was verdienen *Sie* denn?«

»Was hab ich denn damit zu tun?«

»Na, sagen Sie schon«, beharrte Witja.

»Hundertvierzig Rubel.«

»Richtig. Und die verdienen zweihundert. Und noch zwanzig Rubel ›Kragengeld‹.«

»Was denn für ›Kragengeld‹?«

»Jeder, der von der Kreisverwaltung vorbeikommt, zu dem rennen sie und beklagen sich. Packen ihn am Kragen. Also werfen die ihnen 'nen Zwanziger hin.«

Katja sah verstört auf Witjas Hinterkopf. Sie hatte nicht angenommen, daß Lisa und Frossja mit ihrer aufrichtigen Empörung sich ein ›Kragengeld‹ verdienen wollten. Viel eher war es so, daß sie mit ihren Beanstandungen so sehr recht hatten, daß man ihnen wegen dieser Mangelwirtschaft etwas obendrauf zahlte.

Das Motorrad hustete ein –, zweimal und blieb stehen.

»Da hat sich Wasser im Auspuffrohr angesammelt«, vermutete Witja. »Das haben wir gleich.«

Katja stieg vom Motorrad herunter und ging, um keine Zeit zu verlieren, schon auf dem schmalen Pfad voraus, der von einem dunklen, undurchdringlichen Grün war. Plötzlich hörte der Wald auf. Ein Feld breitete sich aus. Auf dem Feld stand ein Herrschaftshaus, das von einem Garten umgeben war. Das war so unglaublich, als hätte das Motorrad eine Zeitreise unternommen, wäre hundert Jahre zurück in die Vergangenheit gefahren, oder als hätte ein Filmstudio eine Dekoration naturgetreu nachgebaut.

Katja näherte sich unsicher, betrat den Garten mit vorsichtigen Schritten. Es war ein Gefühl, als sei das Haus verwunschen und jede Sekunde könne wer weiß was passieren: Die Schatten der Ahnen konnten unter Tüchern hervorgekrochen kommen, oder eine noch von den Deutschen gelegte Mine konnte explodieren, oder ein Schauspieler konnte die Szene betreten, in der Rolle eines jungen Gutsbesitzers.

Aber es war still im Garten. Alles, was hier gedieh, war durch seine Stengel und Zweige ineinander verflochten, mit großen und kleinen. Das Grünzeug wucherte rundum. Da standen Himbeersträucher mit noch gelben Himbeeren. Die Beeren waren groß wie Süßkirschen.

»Das ist das Haus des Generals Kuropatkin«, sagte Witja im Näherkommen.

»Und wann hat er das gebaut?«

»Im September neunzehnhundertsiebzehn.«

»Er hat kein Glück gehabt, der General...«

Sie stiegen eine Vortreppe hinauf und gingen ins Haus.

Im unteren Saal war ein Malachitkamin, schön wie ein Museumsstück. Splitter waren herausgeschlagen, und er war ganz zerkratzt. Das Parkett war aus verschiedenen Holzsorten. Es war von Vögeln und anderen Tieren verschmutzt worden. Vielleicht waren wilde Tiere hier hereingekommen. Die meisten Parkettleisten waren herausgebrochen. Auf den Wänden standen ungefähr so viele Familiennamen wie auf dem Stockholmer Aufruf.

»Früher war hier eine Schule«, erklärte Witja. »Die wurde jetzt nach Scheschurino verlegt.«

»Schade um das Haus«, sagte Katja. »Wenn man wenigstens ein Museum daraus machen würde. Oder es an jemanden verkaufen.«

»Es an Privatleute zu verkaufen, ist verboten.«

Über eine breite Treppe ging es zur ersten Etage. Hier waren mehrere Zimmer. In einem, das eine Aussicht auf einen Teich bot, stand ein schmiedeeiserner Ofen und etwas Sofaähnliches mit wild herausstehenden Sprungfedern. Wahrscheinlich hatte hier der Lehrer gewohnt. Das hier war sein Hausrat, den er nicht mehr gebraucht hatte.

Katja ging zum Fenster. Von hier sah man eine Allee aus Tannenbäumen. Sie war lang – einen halben Kilometer –, durchschnitt den Garten und führte zum Teich. Am Ufer des Teiches war eine Badeanstalt zu sehen. Wahrscheinlich sahen die Allee, die Badeanstalt und der Teich genauso aus wie zu Zeiten des Generals. Die Bäume waren höher und kräftiger geworden, aber alles andere ringsum war genau wie früher: die braunen Nadeln auf dem Boden, das Oval des Teiches und der Himmel über ihm.

Katja spürte plötzlich, daß ihr das Atmen schwerfiel. Als wenn die Luft kompakter geworden wäre. Die Natur war die Schwüle leid und bereitete ein Gewitter vor: Der Himmel wurde rauchig schwarz, das Wasser im Teich war völlig farbgleich mit dem Himmel. Aber es war nicht nur das bevorstehende Gewitter.

Katja drehte sich um.

Witja Pawlow stand mitten im Zimmer und betrachtete sie mit durchdringendem Männerblick. Seine langen Beine steckten in hohen Gummistiefeln. Die Jacke hing ihm elegant und lässig über den Schultern. Die hohe Säule seines jungen Halses, die hellblauen Augen, bereit jeden Moment aus dem Gesicht herauszuspringen. Er sah aus wie ein Neffe des Generals Kuropatkin, wie ein junger Oberleutnant, der gerade von der Jagd zurückgekehrt war.

Er machte einen großen Schritt nach vorn und umarmte Katja. Sie fühlte auf ihrem Rücken seine riesigen heißen Hände und daß ihr Rücken zu klein war für diese Handflächen, daß er sie nicht richtig unterbringen konnte.

Er begann langsam und aufmerksam ihren Hals zu küssen, ihre Wangen, und es war, als würden sie im Traum Walzer tanzen, ohne den Boden zu berühren. Nur im Traum gibt es eine derartige überhöhte Zärtlichkeit.

Witja wollte von der Wange zu den Lippen gelangen, aber Katja drehte sich weg, als wolle sie die Zärtlichkeit bremsen, damit sie nicht in die Grobheit der Leidenschaft überginge. Aber Witja hatte sein eigenes Programm, das er realisieren wollte, und diesem Programm folgend, machte er ein paar Schritte zum Sofa hin. Katja wollte auf dem vorherigen Platz verharren, aber Witja ließ die überhöhten Küsse nicht abreißen und konnte sie so drei Schritte hinter sich herziehen. Blieben bis zum Sofa noch zwei.

In diesem Moment brach ein Blitz durch den Himmel, ähnlich dem Buchstaben Z, dem Zeichen Zorros. Ein solcher Donner brach los, daß man sich hätte hinsetzen mögen und die Ohren mit den Händen verschließen. Witja drückte sie an sich, als wolle er sie vor allem und allen beschützen, vor den Menschen genau wie vor dem Himmel. Ein Duft von frisch geschnittenem Gras ging von ihm aus. Es war die Zeit der Heuernte.

Das Zeichen Zorros am Himmel und der Duft des Heues lenkten Katja ab. Ihre Wachsamkeit ließ nach, und sie tat noch zwei Schritte in Richtung Sofa. Witja packte indessen eine elementare Leidenschaft, und jetzt zog schon nicht mehr Witja, sondern eine Elementargewalt Katja zum Sofa. Sie machte ihren Rücken ganz steif und sagte leise:

»Nicht...«

Witja selbst konnte nicht mehr frei über sich verfügen, auch er hing von der Elementargewalt ab und drückte Katja weiter auf das Sofa. Seine Hände wurden zu Eisen. ›Er bricht mir das Rückgrat‹, dachte Katja und sagte nochmals:

»Hör auf...«

Witja verschloß ihren Mund mit seinen Lippen. Er hörte auf zu atmen vor Glück und weil er keine Luft mehr bekam.

»Warum nicht?« flüsterte Witja.

Katja überlegte: Wirklich, warum eigentlich nicht? Wer brauchte ihre Reinheit und Treue? Wenn ihr Mann sie nicht mehr brauchte, dann hieß das, daß diese Treue überhaupt keinen Wert besaß. Wie das Haus des Generals Kuropatkin mit seinem Kamin und seinem Parkett.

Dieser Gedanke kam ihr nicht klar zu Bewußtsein, es war eher wie der Schatten eines Vogelflügels, der über die Erde glitt. Katja dachte: ›Was sein soll, soll sein...‹

In diesem Moment ging ein Platzregen hernieder. Aber

was für einer ... Als wenn starke Hände die Wolken auswringen würden, und alles Wasser platschte auf die Erde.

Witja zog das Gesicht zurück. Die gerade verflogene Leidenschaft machte es ausdruckslos.

»Ach herrje! Der Stockholmer Aufruf ...«

Er sauste die Treppe hinunter, wobei er mit den Füßen fest auftrat.

Katja brachte ihre Bluse und die Haare in Ordnung. Sie zuckte verständnislos mit den Achseln. Dann ging sie zum Fenster und zuckte nochmals mit den Achseln.

Der Regen war so stark und schrecklich, daß es schon lustig war. Der See kochte durch das Wasser, das von großer Höhe herabfiel. Die Bäume und Sträucher unterwarfen sich, anscheinend voller Erstaunen, diesem Wahnsinn.

Katja öffnete das Fenster und seufzte stoßweise.

... Wenn einer von zweien die Liebe verriet, mußte der andere weiterhin die Treue und den Glauben behalten. Komme, was da wolle. Wenn einer wartet, hat der andere etwas, wohin er zurückkehren kann. Und wenn auch der andere, aus Eigenliebe, anfängt die Brücken hinter sich zu verbrennen, dann gibt es keinen Weg zurück. Was ist Eigenliebe? Das heißt doch: sich selbst lieben. Aber man muß *es* lieben. Nika. Man muß eine Seele mehr haben. Man muß großmütig sein.

Witja kam mit vom Regen dunklen Haar zurück.

Katja sah ihn an – direkt und ruhig-wohlwollend. Er näherte sich ihr, aber vermochte sie nicht zu umarmen. Es klappte nicht. Wenn Katja ihn weggestoßen und ›hör auf‹ gesagt hätte, dann hätte es einen Ansatzpunkt gegeben. Er hätte auf ihr Wegstoßen mit einem Ansichziehen reagieren können, auf ihr ›nicht…‹ mit einem ›doch‹.

Aber sie verhielt sich so neutral, daß ihm nichts anderes übrigblieb als aufzuseufzen und sich allein auf das Sofa zu setzen.

»Na, was macht der Aufruf?« fragte Katja. »Ist er durchnäßt?«

»Macht nichts, wenn ich heimkomme, bügle ich ihn einfach trocken.«

Der Regen hörte genauso plötzlich auf, wie er angefangen hatte. Wahrscheinlich konnten solche Platzregen nicht von Dauer sein. Die Natur hat einfach keine solchen Wasservorräte.

Auf dem Dach und an den Wänden hörte das Getrommel auf. Die Sonne strahlte wieder, als wäre nichts gewesen. Wie ein geliebtes Gesicht nach einem Streit.

»Also, was ist? Fahren wir?« schlug Katja vor.

Sie gingen die Treppe hinunter, traten aus dem Haus.

Was für ein Gefunkel und welche Stille! Viele Werst weit war keine Menschenseele zu sehen.

Die Erde seufzte nach dem Regen. In ihr begann sich eilig etwas zu entwickeln, keimte und drängte ans Licht, um zu wachsen. Und das, was wuchs, streckte sich leidenschaftlich zum Himmel, als stünde es auf Zehenspitzen.

Witja ging zum Motorrad.

Katja stellte sich vor, wie er jetzt nach Hause käme, mit dem Bügeleisen den Stockholmer Aufruf trockenbügeln würde, und vielleicht würde der wirklich nach Stockholm gelangen. Dort würde ein gutmütiger Schwede – der dem Starez Sawaof ähnelte, mit grauen Haarbüscheln um die

Glatze –, die vom Regen verwaschenen, verschiedenartigen Gekrakel lesen und, wer weiß, plötzlich alle Kriege beseitigen.

Wie ich Japan den Krieg erklärte

Bericht eines Übersetzers

Damals war ich noch kein Übersetzer. Und überhaupt war ich noch ein Niemand. Ein Stück Fleisch für den Fleischwolf. Die Kursker Halbinsel wurde damals ›der Fleischwolf‹ genannt, und ich wurde in Richtung Kursk verfrachtet. Aber auf dem Weg dorthin wurde plötzlich umdisponiert, und ich fand mich in einem Zug wieder, der in die Gegenrichtung fuhr. In den Fernen Osten. An die Grenze zu Japan.

Jetzt, nach fünfundvierzig Jahren, weiß ich über die Kurskische Halbinsel Bescheid. Stalin schrieb das Wort SIEG mit riesigen Buchstaben aus Hackfleisch. Für diese Buchstaben brauchte er zwanzig Millionen Menschen. Auch ich hätte zu diesen zwanzig Millionen gehören sollen, aber es war anders gekommen. Ich wurde in die Gegenrichtung geschickt. Und da soll man nicht an Schicksal glauben.

Die Fahrt dauerte lange. Einen ganzen Monat. Und schließlich kamen wir in einem verschlafenen Nest an, das ›Russisches Ende‹ hieß. Und es schien tatsächlich so, daß hier alles Russische – und überhaupt alles – sein Ende hatte. Das Ende der Welt.

Wenn man sich hingekniet und sich verrenkt hätte, um das andere Ende der Welt zu erblicken, hätte man den schwarzen Kosmos gesehen, genau wie auf dem Bild eines Kinderbuches. Kurz gesagt, es war ein so totdumpfes Nest, wie es schlimmer nicht sein konnte.

In unserer Truppe war ich der jüngste, fast noch in der Pubertät. Die anderen mochten mich ›auf ihre Art‹. ›Auf ihre Art‹ hieß, sie machten sich über mich lustig. Nicht böse, eher gutmütig, wie man kleine Kätzchen oder Welpen ärgert, mit einer gehörigen Portion Wärme, aber es war trotzdem ein Ärgern. Meine Stubenkameraden amüsierten sich über meine Brille, darüber, daß ich klein war, über meine Abneigung gegen Mutterflüche und über meine Leidenschaft für Gedichte. Unsere Abteilung bestand aus Arbeitern und Bauern. Die gebildeteren Schichten vertrat nur ich. Sie nannten mich ›Njedolugij‹. Was das heißen sollte, weiß ich bis heute nicht. Vielleicht sowas wie unreif, halbfertig. Aber dem war gar nicht so. Ich schrieb den Soldaten, besser gesagt den Mädchen der Soldaten, Briefe in Versform. Das Allerheiligste wurde mir anvertraut. Von wegen ›unreif‹ oder ›unfertig!‹ Seit fünfundvierzig Jahren habe ich fast alle Wörterbücher durchgesehen, aber das Wort ›njedolugij‹ habe ich nirgends entdecken können. Es ist wohl eine Erfindung.

Ich dichtete für die Kameraden, ich selbst aber hatte kein Mädchen. Ich hatte nur meine Mutter, die ich geliebt habe, seit ich denken kann. Sie war eine echte Schönheit und wirklich sehr klug. Sie verstand es im Leben Wichtiges von Unwichtigem zu unterscheiden, das eine nicht mit dem anderen zu vermischen, und sie hatte nicht die ›harte Schale‹, die dummen Menschen zu eigen ist. Und außerdem war meine Mutter immer chic und sehr fröhlich. Sie war ein Mensch wie ein Feiertag. Mein ganzes Leben habe ich eine Frau gesucht, die meiner Mutter ähnlich wäre, aber ich habe sie nicht gefunden. Sie war einzigartig. Und in einem gewissen Sinne hat sie mir so das Leben verdorben. Wenn man direkt in die Sonne sieht, kann man danach nichts um sich herum wahrnehmen. Man sieht bloß grüne Flecken. Obwohl es vielleicht um einen herum viel Wertvolles gibt.

Ich war eine Frühgeburt, wuchs schlecht und sah wirklich wie ein ›Njedolugij‹ aus neben meiner Mutter. Wenn man uns zusammen sah, dann las ich in allen Augen: »So eine wunderbare Mutter und so ein Sohn ...« Und manche Leute haben es sogar laut gesagt. Genau mit diesen Worten. Seit dieser Zeit hasse ich unhöfliche Menschen. Unhöflichkeit ist eine Art Unverschämtheit.

Ich liebte meine Mutter auch, weil sie mich liebte. Ich kam meiner Mutter unendlich klug vor – fast wie ein Wunderkind –, und unglaublich charmant. Außer ihr kam ich niemandem so vor. An der Seite meiner Mutter vermochte mich niemand zu beleidigen.

Dieses Gefühl, das Fehlen von Erniedrigung und Demütigung, hatte ich nur zweimal: bei meiner Mutter und im Westen, als ich als Übersetzer deutscher Poesie dorthin reisen durfte.

Die allergrößte Erniedrigung ist die Angst. Aber Stalin konnte nur auf dieser Gitarre spielen; alle Wirbel festgedreht und die Saiten bis zum äußersten festgezurrt.

Manchmal habe ich seltsame Tagträume: Es wäre schön, wenn Stalin auferstünde und im Obersten Sowjet eine Weile zuhören müßte. Er würde erscheinen, sich ins Präsidium setzen und sich auf die üblichen Selbstbeweihräucherungen vorbereiten. Und die Deputierten würden ihm, der Reihe nach, ein jeder sagen, was man über ihn denkt. Dann würde ich gern mal seine schnurrbärtige Fratze mit der tiefen Stirn sehen … Er würde die Augen hin und her rollen: Wo ist Berija? Wo die Stalinschen Falken? Andere Gesichter, andere Zeiten …

Ja … Aber wovon sprach ich? Über meine Mutter und über meinen Vater.

Ich habe auch meinen Vater sehr geliebt, aber er war einer von denen, für die die eigene Bequemlichkeit das Wichtigste ist. Wenn ihm beispielsweise auf seinem Weg in die Küche, um Wasser zu trinken, eine Katze in die Quere geraten wäre, hätte er sie mit seinem Pantoffel weggeschleudert. Er hätte sie nicht getötet, um Himmels willen, aber er hätte sie weggeschleudert, weil sie ihn auf dem Weg zu seinem Ziel behinderte.

Meistens können solche Menschen an nichts anderes mehr als an ihr Ziel denken. Gut, wenn das Ziel wenigstens ein großes ist. Größer als ein Glas Wasser. Mein Vater hatte keinerlei Freunde, und er war am Ende seines Lebens sehr einsam.

Ich zog einen Schluß: Man muß nach dem eigenen Vergnügen leben, nach eigenem Gutdünken die guten Taten auswählen, die man vollbringen möchte. Alles beruht auf Gegenseitigkeit: Du wirst gleichzeitig besser – alles bei dir wächst. Auf der Erde und in der Seele.

Mein Vater lebte lange, er wurde neunzig, weil er sich keinen schweren Kopf machen ließ, seine Nerven waren dick wie Drahtseile. Gegen Ende hatte er Wahnvorstellungen, aber er bemerkte das selbst nicht, und wir bemerkten es auch nicht, denn wir hörten lange vorher auf, in ihn zu dringen, lange bevor er zu fantasieren begann.

Aber warum erzähle ich das? Die Verteidigung der östlichen Grenzen beschäftigte meinen Verstand nicht. Ich verlor mich in meinen Tagträumen und wartete die ganze Zeit auf etwas: das Ende des Krieges, den Sieg über den Feind, die Rückkehr zum Frieden, in dem ich schrecklich glücklich sein würde. Aber der Fleischwolf des Krieges arbeitete unaufhaltsam, sowohl bei uns, als auch bei den Deutschen, und Hitler und Eva Braun feierten schon im Bunker ihre Hochzeit, um mit diesem Akt auf den nächsten hinzuweisen: ihren Tod.

Magda Goebbels hatte ihren Mann schon untergehakt und trat mit ihm seinen letzten Weg an: Sie gingen los und erwarteten die Kugeln, die ihr Genick treffen würden.

Und ich erging mich in schönen Schwärmereien und verliebte mich schließlich in ein Mädchen des Dorfes. Von ihr ging ein entzückender Geruch von Kernseife aus. Noch heute erinnere ich mich an diesen Geruch und an ihre klare runde Stirn. Ihre Haut war so glatt, daß sie glänzte. Ihre Augen waren blitzeblau und voller Gottvertrauen. Aber mir vertraute sie nicht, und ich mußte lange um sie werben. Ich schwor ihr ewige Liebe und überzeugte sogar mich selbst. Ich verliebte mich tatsächlich und auf eine Weise, wie es einem nur mit zwanzig geschieht. Man verliebt sich auch später, auch mit vierzig und mit sechzig sogar, aber dann mischt sich schon die Lebenserfahrung mit ein. Mit zwanzig mischt sich gar nichts ein – es ist die pure Liebe. Ich ging im Fieberwahn umher, brummelte Verse vor mich hin. Wahrscheinlich bin ich damals zum Dichter geworden.

Mein Mädchen traute mir nicht über den Weg, und recht hatte sie. Der Krieg ging dem Ende zu. Die Soldaten fuhren in alle Windrichtungen davon – und auch sie hatten recht. Wer möchte schon in so einem Nest vermodern, wenn der Sieg vor einem liegt und ebenso die Zukunft, und wenn das Vaterland die Soldaten verherrlicht, ihnen für den Sieg Dank abstattet. Aber Stalin dachte, daß Dankbarkeit eine Hundekrankheit sei. Das Vaterland schuldet dir gar nichts, du aber schuldest ihm alles, und zwar immer.

Aber das wußten wir noch nicht. Wir glaubten, liebten, waren jung. Die Jugend ist an und für sich schon ein Schatz, ganz egal in welcher Zeit sie liegt, deine Jugend.

Am Anfang gefiel ich meinem Mädchen nicht sonderlich: Ich war klein, mit Brille, eher ein Zögerling als ein Draufgänger. Dabei hatten wir solche tollen Kerle in unserer Abteilung, beispielsweise Valerij Osipow: groß, stattlich, seine Augen funkelten in düsterem Feuer. Man munkelte, daß selbst die Frau des Generals Samochwalow den Kopf verloren hatte, in einer Weise, die die Ehre des Generals in den Dreck zog.

Na wenn schon... Aber dafür kannte ich viele Gedichte. Bis heute verstehe ich nicht, wie das alles in meinem Kopf Platz hatte, eine ganze Bibliothek!

Jetzt zum Beispiel ist mein Gedächtnis wie weggewischt. Nicht einmal die Namen weiß ich mehr. Ich treffe einen Bekannten und denke: ›Wie heißt er jetzt bloß?‹ In Gedanken antworte ich mir selbst: PAWEL. Und dann erst sage ich: »Grüß dich, Pawel.«

Aber damals... Mein Mädchen verstand natürlich nichts von Poesie. Sie arbeitete im Dorf als Briefträgerin. Aber die gereimten Zeilen bezauberten ihr Ohr. Sie fiel wie in Hypnose, und einmal in Hypnose geraten, konnte sie an alles mögliche glauben. Daran, daß ich klug war beispielsweise und außergewöhnlich. Alle anderen waren gewöhnlich, nur ich nicht. Darin stimmte sie mit meiner Mutter überein. Überhaupt habe ich festgestellt, daß die Liebe den Menschen verkleidet, ihm eine Blumenrabatte auf dem Kopf wachsen läßt. Haß dagegen entblößt den Menschen bis auf die Knochen, der Mensch wird zum Serienmodell, steht in einer langen Menschenschlange in Reih und Glied, ja sogar ganz am Ende der Schlange.

Mein Mädchen hielt mich für außergewöhnlich, und da ich sie auserwählt hatte, fiel das Licht des Außergewöhnlichen auch auf sie, auf mein Mädchen. Und so hatte sie es immer eilig, ihre Arbeit zu beenden, um mich zu sehen, um mich zu hören und anzuhimmeln.

Eines Tages war ihre Mutter ins Nachbardorf gefahren, um an der Trauerfeier für ihren verstorbenen Schwager teilzunehmen. Der Krieg war immer noch in vollem Gange, es starben Väter und Söhne, Schwager und Gegenschwager, Onkel und Neffen. Ein Schrei stand über Rußland wie Dampf über einem brodelnden Kochtopf. Ob ein Schwippschwager dasselbe ist wie ein Gegenschwager? Ich weiß es bis heute nicht. Aber das ist auch nicht wichtig. Wichtig ist, daß ich ihr die Gedichte nicht draußen vorlas, sondern zu Hause bei ihr. Über dem Tisch hing ein Lampenschirm, an der Wand klebten unzählige Photographien.

Ich brachte eine Dose mit amerikanischem Corned Beef und Kondensmilch mit. Das Corned Beef kam in die Vorratskammer, aber in die Kondensmilch tunkten wir Brot und aßen es auf. Fünfundvierzig Jahre sind vergangen, und ich erinnere mich immer noch, wie gut das damals schmeckte. Seitdem habe ich viele raffinierte Gerichte probiert, beispielsweise Melone mit Krabben, Affenhirn, Austern und was einem satten Menschenkopf nicht alles einfällt. Aber eine solche kulinarische Freude habe ich nie wieder empfunden. Wir aßen und schauten uns tief in die Augen, was ein zusätzliches großes Glück war. Zweimal Glück: ein optisches und ein geschmackliches.

Dann legten wir uns angezogen auf das Bett. Wir zogen uns nicht aus und schlossen damit sozusagen einen Vertrag: Es wird nichts passieren, wir legen uns nur so hin. Wir küßten uns einfach, und jeder Kuß dauerte länger als der vorhergehende. Unmerklich trafen sich unsere Hände. Meine Hände fanden schnell, was sie suchten. Sie sträubte sich, aber ich gab ihr zu verstehen, daß unser Vertrag trotzdem galt, daß keine Gefahr bestünde, daß es nicht weiter als bis zu dieser Geste ginge. Mein Mädchen glaubte mir und wurde schwach.

Ich war entzückt, wie hilflos-zart menschliches Fleisch sein kann, wie die Blütenblätter der Mohnblüte. Wie ein Blinder erforschte ich vorsichtig Millimeter für Millimeter. Plötzlich schrie sie auf. Ich erschrak. Ich fragte: »Ist dir nicht gut?« Die Frage war überflüssig. Es stellte sich heraus, daß es ihr sehr gut ging, und ich erfuhr, daß man auch aus diesem Grund schreien kann.

Das Ganze geriet in Bahnen, die kein Zurück kannten. Wie ein angeschossenes Flugzeug, das nur noch nach unten beschleunigen kann, auf keinen Fall nach oben.

Ich versuchte meine Kleider aufzuknöpfen, mein Mädchen half mir und zitterte wie Espenlaub. Unsere Finger flochten sich ineinander, verirrten sich ineinander. Nichts um uns her war noch von Bedeutung: weder meine Mutter mit ihrem ›hohen Niveau‹, noch der Krieg, noch die Zukunft meines Mädchens, nur das Jetzt, das absolute Hier und Jetzt.

›Selig, der eine Frau erkennt, von Liebe behütet‹, wie es in einem Gedicht heißt. Ich war von Liebe behütet und deshalb selig, und ich bereitete mich auf die Hauptsache meines Lebens vor. Aber in diesem Moment, eine Sekunde vor der Hauptsache, klopfte es am Fenster, und die vitale Stimme von Semuschkin rief laut: »Ljowka, du sollst in den Stab kommen!«

Das Klopfen und diese Stimme erschlugen mich, fielen mir wie ein Baum ins Gesicht und rissen mich völlig aus dem Zustand der Verliebtheit heraus.

Semuschkin hatte gewußt, wohin ich gegangen war, hatte es wohl den anderen gesagt, und der ganze Haufen hatte beschlossen, sich ein bißchen zu amüsieren. Was bedeutete ihnen schon meine Liebe ... Und wenn ich zurückkäme, würde mich ein freundschaftlich-freches Gegröle begrüßen, denn Lachen kann man das nicht nennen. Ein kollektives Gejohle. Das Kollektiv!

Ich knöpfte meine Uniformhosen zu. Ich hatte sowieso noch nichts zustande gebracht. Und Gott sei Dank. Wie entsetzlich wäre es gewesen, wenn mein Mädchen unter dem Geschrei von Semuschkin ihre Unschuld verloren hätte. Das wäre ihr ein ganzes Leben lang nachgegangen.

Was sollte ich tun? Ich hätte aufstehen, Semuschkin finden und ihm die Schnauze polieren können. Ich runzelte die Stirn und stellte mir das in allen Einzelheiten vor, wie ich meine Faust in die unerhörte Frechheit der ganzen Menschheit schlage, und die Frechheit hat die Züge von Semuschkin. Ich haßte ihn und lag da in meinem Haß wie in kochendem Wasser. Jetzt verstand ich, daß auch Haß eine Leidenschaft ist.

Heute kann ich schon nicht mehr so glühend hassen. Das gibt es natürlich: Schnell aufsteigender Haß, der wie eine Welle hochschäumt und wieder abfällt. Aber der Schaum ist nur auf der Oberfläche und löst sich schnell auf. Es ist schade, seine Gesundheit mit Haß zu verschwenden: der Blutdruck steigt davon an, der Kopf tut weh... Ja... Ich lag also da und haßte. Mein Mädchen, die so noch ein Mädchen geblieben war, wollte mich trösten. Sie beugte sich tief über mein Gesicht und flüsterte etwas Zärtliches, etwas die Seele Besänftigendes. Ihr Geflüster berührte meine Haut, ich fühlte mit meinen Lippen, wie sich ihre Lippen bewegten. Aber ich beharrte auf meinem Beleidigtsein, als ob mein Mädchen schuld wäre an Semuschkins Flegelhaftigkeit. Es war, als ob wir die Plätze getauscht hätten: Ich hatte Angst, die Unschuld zu verlieren, Gott möge verhüten, daß ich schwanger würde und mit einem Kind allein dem Schicksal ausgeliefert wäre.

Ihr andauerndes Geflüster und ihre zärtlichen Tröstungen taten das ihre, und meine Stimmung wechselte allmählich. Alles begann von vorn: mit Küssen. Ich war schon kein Neuling mehr, ich wußte schon, was wofür gut war und was dann kommen sollte.

Irgendwoher tauchten in meinem Kopf die Verse auf:

›Rund und fest war ihre Brust,
als hätt' der frühe Winter
mit eis'gem Atem
zwei kleine Hügel hingehaucht.
Zart wie Seide war ihr Haar,
es hüllt' mich rauschend ein,
und wie ein Schneesturm vom Gebirg war sie,
so rein und frisch und klar.
Sie gab nicht Widerworte mir,
und öffnet' kaum die lieben Augen ...‹

Auch mein Mädchen gab mir keine Widerworte. Sie war zu allem bereit. Das rote Licht des Verbots hatte auf Grün umgeschaltet, der Weg war frei. Aber genau in dem Moment klopfte es wieder am Fenster, Semuschkins verärgerte Stimme rief: »Ljowka! Verdammt noch mal! Du sollst in den Stab kommen!«

Ich fiel auf das Kissen. Wie konnte man in dieser Welt leben, in der es sowohl die Poesie als auch Semuschkin gab, und in der Semuschkin weit realer erschien.

»Hör mal, vielleicht ruft man dich wirklich?« meinte mein Mädchen.

Die Hinterlist war ihr so fremd, daß sie sie auch anderen nicht zutraute.

Ich sah auf die Uhr. Es war zwei Uhr nachts. Wer ruft einen schon zu so einer Zeit? Aber die Nacht war nun sowieso verpfuscht. Ich zog mich an und ging in den Stab. Für alle Fälle.

Wenn man mich nicht wirklich gerufen hätte, würde ich zurückkommen und Semuschkin erschießen. Zugegeben, er hatte auch eine Mutter, und man würde ihr einen Brief schreiben müssen, um die Todesursache zu erklären. Der Grund wäre in den Augen der Mutter wenig überzeugend. Na gut, ich würde ihn nicht erschießen. Aber ich würde ihn verdreschen, daß ihm Hören und Sehen verginge. Ich würde ihn in den Boden stampfen. Ich vergaß allerdings, daß Semuschkin einen halben Meter größer war als ich und dreißig Kilo schwerer, und daß er wohl kaum Lust hätte, sich unter meine Füße zu legen und melancholisch meinen Zorn zu ertragen.

Der Mond hing am Himmel wie eine Dekoration. Es war kühl, ich ging schnell und mit weitausgreifenden Schritten. Nach und nach war mein Haß wie weggeblasen. Ich kam zu dem Schluß, daß die Macht des Wortes auch eine gewaltige Kraft war, man mußte nur die einzig nötigen Worte finden und sie richtig plazieren.

Ich stellte im Geiste Thesen auf und bemerkte nicht, daß ich im Stab angekommen war. Der Stab hatte sich in einer Isba eingenistet. Ich trat ein und war geblendet von soviel Lametta. Vor mir stand, mit goldenen Schulterstücken und allen Orden, glänzend wie ein Ikonostas – der Marschall selbst. Ich kannte ihn von den Portraits. Neben dem Marschall stand General Samochwalow. Er war mir immer als der Größte, als ein Monument erschienen, aber jetzt war er geschrumpft und dunkler geworden, als ob der Marschall alles Licht auf sich zöge und alle anderen im Schatten stehen ließe, sowohl die hölzerne Isba, als auch General Samochwalow und auch mich, mitsamt meiner Liebe.

»Kannst du tippen?« fragte der Marschall.

Auf dem Tisch stand eine Schreibmaschine der Firma ›Continental‹. Genau die gleiche stand bei mir zu Hause auf dem Schreibtisch.

»Ja«, sagte ich.

Ich begriff, daß man mich gesucht hatte, weil ich der gebildetste der Soldaten war.

»Setz dich, du mußt schreiben«, befahl der Marschall in familiärem Ton.

In Amerika beispielsweise sind ein Bäcker und der Präsident – na ja, nicht ganz gleich, nein, das natürlich nicht, aber es sind ganz einfach zwei Menschen mit verschiedenen Berufen. Einer regiert das Land, der andere bäckt Brot. Aber sie sind beide Menschen. Stalin hatte uns andere Rangunterschiede in den Kopf gehämmert: Er war das Haupt in den Wolken, und wir waren die Grundsubstanz für das Hackfleisch in seinem Fleischwolf. Deshalb, wenn einer von Stalins ›Falken‹ einen Soldaten mit normaler Stimme fragte ›Kannst du tippen?‹, dann war das zum In-Ohnmacht-fallen.

Aber ich fiel nicht in Ohnmacht. Ich setzte mich an die Maschine, und General Samochwalow diktierte mir den Text. In ihm wurde mitgeteilt, daß am soundsovielten, um soundsoviel Uhr, die Sowjetunion Japan den Krieg erklärte. Der soundsovielte, das war heute, um sechs Uhr morgens. Und jetzt war es zwei Uhr nachts. Also in vier Stunden.

Ich hackte mit zwei Fingern die diktierten Worte herunter. Meine Handflächen wurden feucht.

»Du kannst gehen«, entließ mich der Marschall.

Ich erhob mich, mit Knien wie Watte.

»Auf den Verrat dieses Geheimnisses steht Erschießen ohne jedwede Gerichtsverhandlung oder Untersuchung«, warnte Samochwalow. »Verstanden?«

»Ja«, sagte ich.

Das hieß, wenn ich jetzt aus dem Stab hinausginge und jemanden erzählen würde, daß in vier Stunden der Krieg mit Japan begann, würde man mich sofort erschießen, und dann würde man mich einen halben Meter tief unter die Erde scharren, zusammen mit meinen Schwärmereien, meinen Gedichten, meinem Körper, der nie eine Frau erkannt hatte.

»Hast du mich verstanden?« fragte Samochwalow nochmals.

»Ja«, bestätigte ich.

Ich drehte mich um und ging weg, und ich war sicher, daß man mir in den Rücken schießen würde. In der Welt von Stalins Politik und der Welt der Kriminellen galten dieselben Gesetze: keine Zeugen hinterlassen. Vielleicht sagte er nichts, vielleicht aber doch? Wozu etwas riskieren?

Ich ging los und wartete wie Magda Goebbels, mit dem einen Unterschied, daß man auf sie ihrem eigenen Wunsch entsprechend geschossen hatte. Sie hatte selbst darum gebeten.

Der Körper hat seine eigenen Gesetze. Wenn er die Liebe erwartet, dann strebt er zum Ziel seiner Liebe, mit allen ihm zur Verfügung stehenden Kräften. Wenn er den Tod erwartet, verhärtet er sich bis zur Konsistenz von Metall, sogar das Blut erstarrt und die Augen treten durch die unmenschliche Anspannung hervor. Es kam mir so vor, als würden meine Augen aus den Augenhöhlen herausspringen und auf den Boden rollen, wie zwei große feste Tränen ... Was konnte ich schon tun? Ich konnte nur weitergehen. Und so ging ich weiter. Mein Rücken erwartete den Einschuß zwischen den Schulterblättern, wodurch sich mein Rücken krümmte.

Nie mehr im Leben hatte ich solche Angst.

Überhaupt verspürte ich an diesem Abend, oder besser gesagt in dieser Nacht, die Urzustände des Menschen: Liebe, Haß, Angst.

Ich habe auch später geliebt, gehaßt und Angst gehabt, aber schon anders. Mit Immunität.

Ich ging und immer noch löste sich kein Schuß. Ich konnte die Ungewißheit nicht länger ertragen, drehte mich um und sah, daß der Zwischenraum zwischen mir und dem Stab leer war. Niemand ging hinter mir her und niemand zielte auf mich. Vielleicht hatten sich der Marschall und Samochwalow zum Teetrinken hingesetzt. Sie hatten den Krieg erklärt und setzten sich an den Samowar, oder zu einem Glas Wodka, um den Akt zu feiern. Oder vielleicht hatten sie sich auch schlafen gelegt. Es war immerhin drei Uhr nachts. Sogar die Vögel schliefen um diese Zeit.

Die Anspannung in mir ließ nach und verwandelte sich im selben Moment in ihr Gegenteil. Ich war jetzt nicht mehr ein harter Körper, sondern eine gallertartige Substanz, die sich nicht mehr auf den Beinen halten konnte. Ich lehnte mich an einen Baum.

Gehen konnte ich nicht. Und wohin auch? Zu meinem Mädchen? Das verbotene Geheimnis füllte mich vom Scheitel bis zu den Fußsohlen aus, für die Liebe war da schon kein Platz mehr. In der Kaserne war Semuschkin. Wenn ich hinkäme, würde er aufwachen und fragen: »Warum hat man dich in den Stab gerufen?«

Ich würde sagen: »Ach, bloß so.«

»Bloß so ruft man niemanden in den Stab«, würde Semuschkin mißtrauisch sagen. »Jetzt red schon ...«

Und ich kann nicht lügen. Ich kann es einfach nicht. Die Lüge und das Geheimnis (was auch eine Form der Lüge ist) kann ich nicht bei mir behalten, genauso wie verdorbene Nahrung. Es drängt mich, es herauszuwürgen, ansonsten würde sich mein Organismus völlig vergiften. Ich kann rein körperlich kein Geheimnis bewahren. Aus mir könnte nie ein Spion werden.

Ich beschloß, mich bis um sechs Uhr in den Wald zu setzen, bis zu dem Zeitpunkt, da der Krieg begonnen hätte.

»Ljowka!« hörte ich eine gedehnte Stimme. »Komm mal hierher!«

Ich drehte mich um und sah die Gestalt von Valerij Osipow. Er stand im grauen Nebel des frühen Morgens und pinkelte.

»Was willst du denn?« fragte ich, ohne mich von der Stelle zu rühren. Ich sah vorsichtig zu Osipow hin. Er pißte laut und voll wie ein Pferd.

»Komm mal her, was soll ich hier rumschreien?«

Ich tat zwei Schritte in seine Richtung und blieb wieder in sicherer Entfernung stehen.

»Na jetzt komm schon her, Himmel noch mal...«

Valerij stand da, aufrecht und selbstsicher. Und ich war so verschreckt und kleinlaut, daß ich mich über mich selbst ärgerte.

Ich ging schnurstracks auf ihn zu und sah ihn mutig an.

»Die Unseren haben Japan den Krieg erklärt«, teilte Valerij mit und knöpfte seine Hose zu.

Ich geriet in Verwirrung.

»Woher weißt du das?«

»Samochwalows Frau hat's mir gesagt: Komm, sagt sie, heute nacht. Mein Mann geht dann in den Stab. Ich sage: Aber wenn er plötzlich zurückkommt? Er kommt nicht zurück, sagt sie, sie werden heute Japan den Krieg erklären.«

Valerij knöpfte sich die Hose zu und ging davon, leicht und schön, sein Organismus hatte sich von allem Ballast befreit.

Ich erinnere mich bis heute daran, wie er so durch den sich auflösenden Nebel schritt, wie sich junge und glückliche Menschen bewegen.

Plötzlich straffte sich mein Körper wieder und ich verwandelte die wiedergewonnene Spannkraft in Schnelligkeit. Ich lief zu meinem Mädchen und klopfte, klopfte, klopfte... Sie öffnete mir, verschlafen, hilflos, die seidigen Haare zerwühlt.

Der Krieg mit Japan endete mit zwei Bomben auf Hiroshima und Nagasaki. Ich hatte den Krieg erklärt, die

Amerikaner hatten ihn ausgeführt. Aber das geschah erst ein paar Monate später.

Jetzt drückte ich mein Mädchen an mich, als hielte ich mein zurückgekehrtes Leben im Arm. Und so war es auch, denn *das Leben* und *die Frau* sind ein und dasselbe.

Viktorija Tokarjewa im Diogenes Verlag

Zickzack der Liebe

Erzählungen. Aus dem Russischen
von Monika Tantzscher

Die Menschen der Viktorija Tokarjewa rebellieren gegen ein Leben, das mit der Regelmäßigkeit eines Uhrwerks abläuft und keinen Raum für spontanes Glück läßt. Sie träumen vom Überschwang des Herzens und von leidenschaftlicher Liebe – zu deren Unbedingtheit sie sich dann doch nicht entscheiden können. Das Leben zu zweit erscheint wie ein spannender Kampf ›zwischen Wahrheit und Lüge‹. Ironisch und mit Herzblut erzählt eine selbstbewußte Autorin von den Partnerschaftsnöten emanzipierter sowjetischer Frauen.

»Die große Kunst der Viktorija Tokarjewa besteht im äußerst sparsamen Gebrauch der erzählerischen Mittel. Überflüssige Details zu vermeiden und auf kürzestem Weg ins Herz der Dinge und der Menschen vorzudringen ist die Maxime der Autorin. Ihre Erzählungen sind von geradezu elementarer Wucht. Sie ist eine Meisterin.« *Frankfurter Allgemeine Zeitung*

Mara

Erzählung. Deutsch von
Angelika Schneider

Die ehrgeizige Mara hat nur zwei Ziele: Macht und Geld. Da sie beides mangels Ausbildung auf direktem Wege nicht erreichen kann, geht sie den Umweg über Männer. In *Mara* entwirft die Autorin das psychologisch feinfühlig gezeichnete tragikomische Bild einer modernen russischen ›femme fatale‹.

»Ihre Erzählungen führen sehr direkt an das Wesen der Menschen heran. Was sie sagt, sagt sie in äußerst gedrängter Form. Eine ›Vaterschaft‹ Čechovs scheint

vor allem im Umgang mit der Sprache, in der Beobachtungsgabe und im manchmal fast melancholischen Humor durchzuschlagen. Und obwohl Viktorija Tokarjewa in der Sowjetära lebt, sind ihre Figuren zeitlos, sieht man von den wenigen Tönen des Zeitkolorits ab. Wieviel klingt da mit.«
Regula Heusser/Neue Zürcher Zeitung

Happy-End

Erzählung. Deutsch von
Angelika Schneider

Aus purem Trotz heiratet Elja viel zu früh den sie naiv vergötternden Tolik und zieht mit ihm zu seinen Eltern in ein russisches Provinznest. Als sie an der Langeweile des Kleinstadtlebens zu ersticken droht, verliebt sich Elja in den Schauspieler Igor, der so wunderschön Lermontow rezitiert. Sie zieht mit ihm nach Moskau. Aber Igor ist Alkoholiker und hat seit Jahren keine guten Rollen mehr gespielt…

»Vor allem aber liegt der Zauber von Viktorija Tokarjewas Schreibweise in einem Čechovschen Humor, der das schwere Leben leichter macht, dazu in gelegentlichen Ausflügen ins Träumerisch-Phantastisch-Absurde, im Witz der Formulierung, der den Geist vom Druck der Verhältnisse befreit.«
Deutsche Welle, Köln

Lebenskünstler

und andere Erzählungen
Deutsch von Ingrid Gloede

»Viktorija Tokarjewas Geschichten sind seit je von großer Anmut, allesamt Kunst-Stückchen, die einem die Vorstellung von Leichthändigkeit suggerieren. Nicht jedoch von Leichtgewichtigkeit. Die Genrebilder aus dem sowjetischen Alltagsleben, die die Autorin in ihrem Kaleidoskop aufleuchten läßt, sind nichts

weniger als heiter, sie sind stellenweise sogar niederdrückend und bestürzend. Wenn sie uns dennoch ein Schmunzeln entlocken, dann liegt das daran, daß die Tokarjewa über einen ausgeprägten Humor verfügt und diese Gabe durchweg einsetzt. Es ist kein Humor der satirischen Art, eher eine sanfte Ironie, gewürzt mit einer Prise Traurigkeit und einem vollen Maß an mitmenschlichem Erbarmen.«
Sabine Brandt/Frankfurter Allgemeine Zeitung

»Sie erzählt von Menschen – erstaunlich emanzipierten Frauen –, die einem Ideal nachjagen, dauernd im Aufbruch begriffen sind und doch an den realen Bedingungen klebenbleiben wie an Leimruten.«
Die Weltwoche, Zürich

Sag ich's oder sag ich's nicht?

und andere Erzählungen
Deutsch von Angelika Schneider, Monika Tantzscher und Elsbeth Wolffheim

Sag ich's oder sag ich's nicht? lautet die bange Frage, die sich durch das Leben einer jungen Frau zieht wie ein roter Faden. Als reife Frau hält sie Rückschau auf alle Gelegenheiten, die sie durch ihr langes Abwägen verpaßt hat. Als sich eine letzte Gelegenheit bietet, wagt sie schließlich den Sprung ins Ungewisse.

Je suis, tu es, il est ist die Geschichte einer alleinerziehenden Mutter, deren ganzer Lebensinhalt ihr Sohn ist. Eines Tages bringt der Sohn ein junges Mädchen mit nach Hause. Die Mutter findet die junge Frau unsympathisch und wartet, daß ›der Besuch‹ wieder geht. Da teilt der Sohn ihr mit, daß das Mädchen seit ein paar Tagen seine Ehefrau ist.

Pascha und Pawluscha heißen zwei Freunde, die unterschiedlicher nicht sein könnten: Pascha, der Introvertierte, ist Lehrer in einer Sonderschule und geht in der Sorge um ›seine‹ behinderten Kinder auf.

Pawluscha, der Sunnyboy, interessiert sich vor allem für Autos und wie man sie gewinnbringend weiterverkaufen kann. Trotzdem verbindet die beiden eine lange Freundschaft – bis Pawluscha eines Sommers auf der Krim dem Freund die Freundin ausspannt…

Sentimentale Reise

Erzählungen. Deutsch von
Angelika Schneider

Auf einer Reise durch Italien verliebt sich die Kinderbuchillustratorin Romanowa in den unangepaßten Künstler Leonid, den sie so faszinierend-rätselhaft findet, daß sie ihn nur ›Raskolnikow‹ nennt. Raskolnikow macht der Romanowa den Hof, nutzt jede Gelegenheit, um mit ihr allein zu sein. Aber der Grund dafür ist ein anderer als der von der Romanowa vermutete, und die *Sentimentale Reise* nimmt ein überraschendes Ende.
Vier Geschichten über Hoffnungen und Sehnsüchte.

»*Sentimentale Reise* vereinigt vier Erzählungen, die das zentrale Thema der Liebe in eine ausdrucksstarke, manchmal groteske Bildlichkeit umsetzen. Die Tragik des Lebens bricht nicht mit Pauken und Trompeten eines Schicksalsschlags über den Menschen herein, sondern dringt als leises Scheitern in alle Ritzen der Existenz. Und hier liegt Viktorija Tokarjewas Wahrheit, in die sie ihre Leser mit einem lachenden und einem weinenden Auge einweiht.« *Neue Zürcher Zeitung*

Die Diva

Zehn Geschichten über die Liebe
Deutsch von Angelika Schneider, Monika Tantzscher
und Susanne Veselov

Mit fünfzehn sieht Trofimow sie auf der Leinwand. Die nächsten dreißig Jahre verbringt er damit, auf den Tag zu warten, an dem er die Frau seiner Träume persönlich kennenlernen würde. Ihr zuliebe lernt er

Italienisch, denn das ist ihre Muttersprache; ihretwegen wird er ein berühmter Journalist, denn nur den würde man zu einer Reportage über *Die Diva* nach Italien schicken. Doch als sie dann leibhaftig bei einem Filmfestival in Moskau erscheint, kommt alles ganz anders als geplant.
Zehn Erzählungen über die Liebe: die große und die kleine, die um ein Haar verpaßte, die unerreichbare, die alltägliche und die außergewöhnliche.

»Ich habe immer geschrieben, was ich wollte, und ich werde weiterhin genügend Stoff haben, denn die Liebe bleibt widersprüchlich.«
Viktorija Tokarjewa

»Gute Aussichten für eine russische – und wieder europäische – Literatur nach dem sozialistischen Realismus.«
Maria Deppermann/Frankfurter Allgemeine Zeitung

Der Pianist

Erzählungen
Deutsch von Angelika Schneider

Dem Star-Pianisten Igor, für den bisher nur Karriere und Familie zählten, begegnet eine Vamp-Frau, die sein Leben schlagartig verändert; die jüngst verwitwete Maskenbildnerin Lena verliebt sich in einen Photographen, der behauptet, nur sie könne ihn retten; der junge arbeitslose Schauspieler Nick läßt sich von einem alten Millionär für bestimmte Dienste anheuern; spannend bis zum Schluß bleiben sie allemal, diese drei leidenschaftlichen Geschichten über Liebe, Tod, Macht und Geld.

»Ohne Aufhebens und mit großer erzählerischer Kraft sagt Viktorija Tokarjewa die Wahrheit über Menschen, nichts als die schmerzliche Wahrheit.«
Matthias Rüb/Frankfurter Allgemeine Zeitung

Anton Čechov im Diogenes Verlag

Das dramatische Werk

Aus dem Russischen und mit Anmerkungen von Peter Urban
Der Kirschgarten. Komödie
Der Waldschrat. Komödie
Die Möwe. Komödie
Onkel Vanja. Szenen aus dem Landleben
Ivanov. Drama
Drei Schwestern. Drama
Die Vaterlosen [Platonov]. Das ›Stück ohne Titel‹
Sämtliche Einakter

Das erzählende Werk

Deutsch von Gerhard Dick, Wolf Düwel, Ada Knipper, Hertha von Schulz, Michael Pfeiffer und Georg Schwarz, Anmerkungen und Nachweise von Peter Urban
Ein unbedeutender Mensch. Erzählungen 1883–1885
Gespräch eines Betrunkenen mit einem nüchternen Teufel. Erzählungen 1886
Die Steppe. Erzählungen 1887–1888
Flattergeist. Erzählungen 1888–1892
Rothschilds Geige. Erzählungen 1893–1896
Die Dame mit dem Hündchen. Erzählungen 1897–1903
Eine langweilige Geschichte/Das Duell. Kleine Romane I
Krankenzimmer Nr. 6/Erzählung eines Unbekannten. Kleine Romane II
Drei Jahre/Mein Leben. Kleine Romane III
Die Insel Sachalin. Reisebericht
Das Drama auf der Jagd. Eine wahre Begebenheit. Neu übersetzt von Peter Urban
Die Dame mit dem Hündchen/Herzchen. Zwei Erzählungen
Meistererzählungen. Ausgewählt von Franz Sutter. Deutsch von Ada Knipper, Herta von Schulz und Gerhard Dick

Briefe

in 5 Bänden. Die größte nicht-russische Briefausgabe in der Neuübersetzung und -edition von Peter Urban
Jeder Band enthält Faksimiles, einen umfangreichen Anhang mit editorischem Bericht, Anmerkungen und einer Chronik; im letzten Band zusätzlich ein Personen- und Werkregister

Tagebücher/Notizbücher

Herausgegeben und neu übersetzt von Peter Urban. Mit Vorwort, editorischem Bericht, ausführlichen Anmerkungen und Personenregister

Čechov-Chronik

Leben und Werk von Anton Čechov
Herausgegeben von Peter Urban

Anton Čechov Sein Leben in Bildern

Herausgegeben von Peter Urban. Mit 739 Abbildungen, einem Anhang mit Daten zu Leben und Werk und einem Personenregister

Freiheit von Gewalt und Lüge

Gedanken über Aufklärung, Fortschritt, Kunst, Liebe, Müßiggang und Politik. Zusammengestellt von Peter Urban

Das Čechov Lesebuch

Herausgegeben, kommentiert und mit einem Vorwort von Peter Urban

Über Čechov

Herausgegeben von Peter Urban

Wie soll man leben?

Anton Čechov liest Marc Aurel
Herausgegeben, übersetzt und mit einem Vorwort von Peter Urban

Sławomir Mrożek im Diogenes Verlag

»Mrożek ist ein engagierter Schriftsteller – also hält er die Literatur nicht für eine erhabene Spielerei mit Worten, sondern für ein Mittel, auf die Menschen zu wirken. Er ist Humorist – also meint er es besonders ernst. Er ist Satiriker – also verspottet er die Welt, um sie zu verbessern. Er ist Surrealist – also geht es ihm um die Wirklichkeit, die er mit überwirklichen Motiven verfremdet, um sie zu verdeutlichen. Er ist ein Mann des Absurden – also zeigt er das Widersinnige, um die Vernunft zu provozieren.« *Marcel Reich-Ranicki*

Striptease und andere Stücke
Aus dem Polnischen von Ludwig Zimmerer. Inhalt: *Polizei, Auf hoher See, Karol, Striptease, Das Martyrium des Piotr O'Hey, Der Truthahn*

Tango und andere Stücke
Deutsch von Christa Vogel und M. C. A. Molnar. Inhalt: *Eine wundersame Nacht, Zabawa, Der Kynologe am Scheideweg, Der Tod des Leutnants, Tango, Der Hirsch, Racket-baby*

Watzlaff und andere Stücke
Deutsch von Ludwig Zimmerer und Rolf Fieguth. Inhalt: *Watzlaff, Nochmal von vorn, Die Propheten*

Emigranten und andere Stücke
Deutsch von Christa Vogel. Inhalt: *Emigranten, Schlachthof, Buckel, Das Haus auf der Grenze*

Der Botschafter und andere Stücke
Deutsch von Christa Vogel und M. C. A. Molnar. Inhalt: *Der Botschafter, Ein Sommertag, Alpha, Der Vertrag, Das Portrait, Die Witwen*

Liebe auf der Krim
Eine tragische Komödie in drei Akten. Deutsch von Christa Vogel

Tango
Schauspiel in einem Akt. Deutsch von Ludwig Zimmerer

Emigranten
Schauspiel in drei Akten. Deutsch von Christa Vogel

Auf hoher See / Striptease
Zwei Einakter. Deutsch von Ludwig Zimmerer

Die Giraffe und andere Erzählungen
Deutsch von Christa Vogel und Ludwig Zimmerer

Die Geheimnisse des Jenseits und andere Geschichten
Deutsch von Christa Vogel

Der Perverse und andere Geschichten
Deutsch von Christa Vogel

Doris Dörrie
im Diogenes Verlag

»Doris Dörrie ist als Erzählerin Spezialistin in diffizilen Angelegenheiten der kleinen Rache und gezielten Ohrfeigen zum Zwecke der Unterstützung des eigenen Selbstwertgefühles. Sie ist eine sehr gute Kurzgeschichten-Schreiberin mit der erforderlichen Prise Selbstironie und mit stilistischer Eleganz.«
Annemarie Stoltenberg/Die Zeit, Hamburg

»Es ist vollkommen gleichgültig, ob Sie Doris Dörrie in der Badewanne, im Intercity-Großraumwagen, im Lehnstuhl oder in der Straßenbahn lesen, nur: Lesen Sie sie!« *Deutschlandfunk, Köln*

Liebe, Schmerz und
das ganze verdammte Zeug
Vier Geschichten

»Was wollen Sie von mir?«
Erzählungen
Mit Fotos von Helge Weindler

Der Mann meiner Träume
Erzählung

Für immer und ewig
Eine Art Reigen

Love in Germany
Deutsche Paare im Gespräch mit Doris Dörrie
Unter Mitarbeit von Volker Wach. Mit 13 Fotos

Bin ich schön?
Erzählungen

Samsara
Erzählungen